요크셔 시골에서 보낸 한 달

A MONTH IN THE COUNTRY

요크셔 시골에서 보낸 한 달

A Month in the Country

J. L. 카
이경아 옮김

muʃintree
뮤진트리

• 일러두기

– 이 책은 1980년에 처음 출간된 J. L. Carr의 《A Month in the Country》에 작가 Penelope Fitzgerald의 '작품 소개' 글이 추가된 개정판(Penguin Books, 2000)을 완역한 것이다.

캐시와 샐리를 기억하며… 안녕히.

"소설 – 대체로 사랑을 다룬 짧은 이야기"

– 새무얼 존슨, 《사전》

"숨 한 번의 순간 동안
나 흩어지지 않고 머무를 테니,
어서 내 손을 잡고 말해주오,
그대 마음에 품어둔 말을."

– A. E. 하우스만

"그녀는 정오가 장미에 깃든 때 오지 않는다
낮이 너무 밝으므로.
그녀는 영혼이 쉴 때까지 오지 않는다
일을 하고 놀아야 하므로.
하지만 밤이 언덕배기에 머물러 위대한 음성이
바다로부터 밀려올 때면
별빛과 촛불과 꿈빛을 따라
내게로 온다."

– 허버트 트렌치

차례

무슨 일이든 장기간 하다 보면 원래의 의도를 망각하게 된다. 내 경우를 보자면, 나는 집필을 시작할 때만 해도 이 소설이 느긋한 이야기이며 토머스 하디의 《그린우드 나무 아래》와 결을 같이하는 목가적인 풍경을 그리리라 생각했다. 그런 이야기를 들려줄 안성맞춤인 분위기를 위해 애석한 마음으로 사십 년이나 오십 년을 되돌아보지만, 다시는 되돌릴 수 없는 시간을 떠올릴 때면 여전히 마음이 먹먹해지는 화자를 원했다.

그리고 그의 이야기에서 진실의 울림이 전해지기를 원했다. 그래서 나는 이야기의 배경을 모우브레이 계곡에 있는 노스라이딩으로 정했다. 그곳은 내 조상이 대대로 살아온 곳이며, 말이 쟁기를 끌고 잠자리를 초로 밝히던 시절에 내가 이 소설에 나오는 엘러벡 가족 같은 가정에서 성장한 곳이기도 하다.

소설 집필은 냉혹한 일이다. 작가는 무슨 일이건 기억 속에 잠들어 있는 것들을 꺼내 자신의 목적에 맞게 각색한다. 죽어가는 소녀를 병문안 한 일이며 첫 번째 설교, 주일학교 소풍, 수확하는 들판에서의 하루, 페나인 무어스와 요크셔 월즈 사이에서 일어났던 그보다 더 많은 일들. 그렇지만 들판에 선 교회는 노샘프턴셔에 있으며, 교회 마당은 노포크에 있고, 목사관은 런던에 있다. 어느 것이든 다 쓸모가 있다.

다시 글쓰기로 돌아가, 과거에 관한 글을 쓰는 몇 달 동안 이야기는 그 작가에게 현재 일어나는 일들의 색으로 물들기도 한다. 그러므로 알아보지 못한다고 해도 화자의 어조는 변하고, 원래의 의도는 어느새 자취를 감추어버린다. 그리고 나는 현재도 과거도 깃들어 있지 않는 더 어두운 풍경을 다른 창으로 바라보고 있는 자신을 깨닫는다.

J. L. 카

기차가 멈추자 나는 내 앞에 놓인 길쭉한 여행 가방을 발로 밀고 차면서 굴러 나오듯 기차에서 내렸다. 플랫폼 뒤로 비켜섰는데 누군가가 다급하게 외치는 소리가 들렸다. "옥스갓비… 옥스갓비." 아무도 선뜻 도와주지 않아서 나는 객차로 다시 올라가 발목과 발을 타고 넘어 (그물 선반에 있는) 짐과 (좌석 아래에 있는) 접이식 야전침대를 챙겼다. 이런 분위기가 북부인들의 전형적인 모습이라면, 이곳은 적국이므로 구둣발을 어디에 내디딜지 크게 신경 쓸 필요가 없을 것이다. 한 녀석은 숨을 들이쉬고, 다른 녀석은 끙 앓는 소리를 냈다. 둘 다 아무 말도 하지 않았다.

잠시 후 차장이 호루라기를 불자 기차가 앞으로 두 번 덜컹거리더니 멈춰 섰다. 그러자 그 틈에 객차의 구석에 앉은 노인이 창문을 반쯤 내렸다. "자네 그렇게 가다가는 속까지 흠뻑 젖을 거야." 노인은 이렇게 말한 후 내 앞에서 창문을 탁 닫았다. 이윽고 엔진이 증기 기둥을 자욱하게 뿜어 올리며 덜컹거리자 줄지어 앉은 얼굴들이 무표정하게 나를 바라보았다. 플랫폼에 홀로 남겨진 나는 짐을 챙기고 지도를 마지막으로 살펴보고는 상의 주머니에 쑤셔 넣었다. 잠시 후 역장의 부츠 위로 내 표를 떨어트리려고 지도를 지렛대로 써서 표를 꺼내며 단추 두 개가 없어지기 전에 달아놓을 걸 그랬다고 후회하는 한편, 비를 막아 줄 지붕을 찾기 전에 비가 멎기를 바랐다.

역장의 사택에서는 앳되어 보이는 소녀가 유리창에 얼굴을 바짝 들이댄 채 나를 빤히 바라보았다. 소녀의 관심을 잡아끈 것은 분명 내 외투였을 것이다. 이 옷은

전쟁 전 물건으로 1907년경에 만들어졌을 것이다. 옷
감이 아주 훌륭했는데, 두툼한 헤링본 트위드였다. 길
이는 내 발목까지 내려왔다. 길이만으로 보면 처음에
이 옷을 입은 사람은 제법 거한이었던 것 같다.

쏟아지는 비를 보니 흠뻑 젖을 게 분명했다. 구두 밑
창으로 어느새 물이 스며들었다. 역장이 안전등 실로
돌아가며 무슨 말을 했지만, 나는 그의 사투리를 알아
듣지 못했다. 역장은 내가 알아듣지 못했다는 사실을
알아차린 듯했다. "내 우산을 빌려 가도 된다고 했소."
그는 알아들을 만한 영어로 다시 말해 주었다.

"목적지가 그리 멀지 않습니다." 내가 말했다. "… 지
도를 보면요, 그렇습니다."

그곳에 있던 사람들이 호기심을 숨기지 않았다. "가
려는 곳이 어디요?" 역장이 되물었다.

"교회입니다." 내가 말했다. "그곳에 가면 몸을 말릴
수 있겠죠."

"일단 들어와서 차부터 마시는 게 어떻소." 역장이
권했다.

"그곳에서 목사님과 약속이 잡혀 있어서요." 내가 말했다.

"아하." 그가 말했다. "나는 비국교도라오. 아무튼 바로 가겠다면 내 안부나 전해주시오. 거기 있을 테니까."

그는 내가 온 이유를 아는 것 같았다.

이윽고 나는 여분의 옷가지(밀짚 짐가방에 들어 있었다)가 비에 젖지 않도록 최선을 다해 코트로 감싼 채 반쯤 내키지 않는 발걸음을 떼기 시작했다. 지도에 나와 있는 대로 길이 하나 있었다. 그리고 그 길가에 건물이 한 채 있었다. 다 허물어진 농가로 녹이 슨 쇠 울타리 뒤에 자그마한 앞마당이 심술이라도 난 듯 자리잡고 있었다. 에어데일 종의 개 한 마리가 제 몸에 묶인 사슬을 끌고 나와 내키지 않아 하는 티를 내며 한번 짖고는 도망치듯 다시 집으로 들어갔다. 농가를 지나치자 이번에는 썩어가는 과수원 사이에 다 무너져가는 닭장 같은 집 두 채가 서 있었다. 어느새 빗물은 트릴비(챙이 좁은 중절모 — 옮긴이)에서 물줄기를 이루어 목을 따라 흘러내렸고 싶으로 만든 가방은 손잡이 하나

가 떨어져 나갔다. 이윽고 높이 선 생울타리를 돌아가
자 눈앞에 들판이 확 펼쳐졌다. 그리고 그곳에 교회가
서 있었다.

교회는 평범하고 수수한 건물이었다. 이 지역에서는
중세에 양모산업이 번성하지 않은 것이 분명했다. 그
래서 빈곤한 마을이었을 테고, 모든 돌은 수탈되었을
것이다. 짧은 성단소 위로 올린 지붕은 경사가 유난히
완만했다. 그 부분은 본관(이 부분의 지붕은 가파르게 내려
가다가 측랑에 이르러 평평해졌다)을 지은 후 족히 백 년
은 지난 후에 증축되었음이 분명해 보였다. 종탑은 땅
딸막했다. 오해는 마시길. 이 교회는 모든 것이 제자리
에 있으며, 외관은 충분히 보기 좋았다. 가까이 다가
가 살펴보니 건물에 쓰인 석재의 상태가 몹시 양호했
다. 마름돌을 보니 잡석이 아니라 석회석이었다. 지지
대들 사이를 봐도 회반죽을 썼으리라 짐작만 할 수 있
을 뿐 아름다울 정도로 아귀를 딱 맞춰 깎아 놓았기에,
나는 비를 쫄딱 맞고 있는 와중에도 석공들에게 찬사
를 보냈다. 교회의 석재─돌을 들여다보면 연한 노란

색 흔적이 보였는데 마그네슘이었다―는 인근의 태드
캐스터에서 채굴되어 강을 통해 실려 온 것이 분명했
다. 이 문제를 더 깊이 파고들어 당신의 짜증을 자극하
지는 않겠다. 먼 옛날에도 나는 자신을 돌 애호가라 자
평했다.

묘지의 담장은 손질이 잘 되어 있었다. 반면 폭이 좁
은 문에 걸린 걸쇠가 부서져서 노끈으로 묶여 있다는
사실은 좀 놀라웠다. 그곳에는 18세기에 세워진 훌륭
한 묘비들과 이끼로 얼룩진 아기천사 조각상, 모래시
계, 무성한 풀과 쐐기풀 더미, 미나릿과의 잡초 등에
파묻히다시피 한 해골 등이 있었다. 나는 들장미 덩굴
로 뒤덮인 가족묘비에 놓인 화병 두세 개를 힐끔 보았
다. 그때 회색 고양이 한 마리가 매서운 눈초리로 나를
노려보더니 훌쩍 모습을 감추었다. 그곳에 또 무엇이
살고 있는지는 하늘만 아시리라. 요즘은 야생동물보호
구역으로 지정해 관리하겠지만 말이다.

낙수받이와 수직홈통에 어쩔 수 없이 눈이 갔다. 그
것들에 문제가 없는지 직접 눈으로 확인해야 직성이

풀릴 거니까. 그래서 건물을 빙 돌며 꼼꼼하게 살펴보았다. 어디에도 물이 뿜어 나오거나 물이 샌 흔적이 없었다! 습기는 벽화壁畫의 적이다. 녹색 이끼로 뒤덮인 벽이 하나라도 있다면 그 자리에서 몸을 돌려 곧장 기차역으로 달려가는 편이 나았다.

그렇게 건물을 둘러본 후 나는 다시 작은 현관으로 돌아왔다. 그곳에 놓인 좌석용 돌판은 지난 오백 년 동안 향냄새나 비통함으로 머리가 어질어질한 장례식 추모객들의 엉덩이에 닦여 반들반들 광이 났다.

나는 고리 손잡이를 비틀어서 문을 밀어 열었다. 문에서 끼익 소리가 났다. 앞으로 몇 주 동안 내가 신세를 질 경보가 되어줄 터였다. 마침내 도착했다. 대체로 내가 짐작했던 대로였다. 바닥에는 판석이 깔려 있고, 중앙회랑 양쪽에 각각 세 개씩 서 있는 땅딸막한 기둥들, 두 개의 측랑, 그 너머 (내 시선이 닿는 한) 옥스퍼드 운동론자인 재임자가 열정적으로 재건한 성단소가 있었다. 천장도 훌륭했다. 마치 배의 밑부분을 뒤집어놓은 듯한 모양이었다. 게다가 흥미로운 양각 장식이 여기저기 숨어 있을 것 같았다. 그렇지만 어떤 장소에 대한 즉각적인 인상을 결정짓는 요소는 그곳에 배인 냄새다. 언제나 냄새였다. 이곳에서는 눅눅한 무릎 방석 (무릎을 꿇고 기도할 때 쓰는 방석—옮긴이) 냄새가 훅 풍겼다.

편지에 적힌 대로, 이미 비계飛階가 세워져 성단소 위의 아치를 채우고 있었다. 비계에는 밧줄로 사다리까지 묶여 있었기에 나는 곧장 그것을 타고 올라갔다. J. G. 키치 목사에 대해 험담을 할 거리는 많을 것이다. 맙소사, 정말 많다. 하지만 언젠가 그가 심판대에 서면 정상참작을 위해 이 이야기는 반드시 해야 한다—주님, 그는 사무적인 사람이었습니다. 그리고 그런 태도는 영국인에게는 드문 미덕이었다. 프랑스에서 만난 보급 담당 소령들이 다 키치 목사와 같은 태도였다면 좋았을 텐데. 그는 비계가 이미 준비되어 있다고 말했고, 정말 그랬다. 그는 내가 7시 15분 기차로 도착하면 7시 30분에 교회에서 만날 수 있다고 했다. 그리고 그렇게 했다.

그리하여 그가 말한 장소와 시간에, 한 치의 오류도

없는 사무적인 편지가 육신을 얻은 듯한 그 목사가 아래층 문가에 서서 내가 비계로 걸어오면서 남긴 물 자국을 내려다보는 모습을 본 것이 그와의 첫 만남이었다. 추적견처럼 그는 그 발자국을 따라 사다리까지 온 후 고개를 들었다.

"안녕하십니까, 버킨 씨." 그가 건네는 인사를 받으며 나는 아래로 내려갔다. 목사는 나보다 너댓 살 위인 서른 살 정도 되어 보였다. 키가 컸지만 튼튼한 인상은 아니었다. 옷차림은 단정했고 눈동자는 옅었으며 냉담하고 내성적인 성격일 것 같았다. 얼굴을 씰룩거리는 내 증상이 익숙해졌을 텐데도, 그는 한참 후까지 내 왼쪽 어깨너머에 있는 누군가와 이야기를 나누는 것처럼 말했다.

그는 곧장 본론으로 들어갔다. "이 종루에서 지내시는 문제 말입니다. 나는 아무리 생각해도 동의할 수가 없군요. 까놓고 말해서 그런 생각이 전혀 끌리지 않아요. 분명히 우리가 주고받은 서신에서 모습이 일요일마다 종을 쳐야 하고 밧줄이 바닥에 뚫린 구멍을 통과

한다고 알려드렸지요. 달리 묵을 곳을 찾으시면 좋겠습니다—하숙집이나 세퍼즈 암즈에서 방을 얻을 수도 있겠죠."

나는 돈 문제에 대해 몇 마디 했다.

"스토브." 내가 말했다. "스토브는 어떻습니까? 목사님은 가타부타 말씀이 없으셨잖아요. 제가 써도 될까요? 오늘처럼… 비가…" 내가 말을 더듬는 바람에 그가 바로 대답을 하지 못했다.

"그런 내용은 계약에 없습니다." 그는 어떻게든 내말더듬증이나 씰룩거리는 얼굴을 무시하려고 애쓰며 얼버무렸다. "애초에 스토브에 대한 언급이 없었습니다. 아시다시피 우리도 '우리'의 비용에 대해 생각을 해봐야 하거든요. 당신은 휴대용 스토브를 가져오겠다고 하셨죠. 첫 번째 서신에서요. 이거요." 그는 주머니에서 편지를 꺼내 내게 내밀었다. "두 번째 장 중간 즈음에 있습니다."

"그러면 불을 피우는 방법을 궁리해 봐야겠군요." 나는 은근히 이 상황을 즐기면서 대꾸했다. 사람들은 말더듬이가 까다로운 질문에 대처할 시간이 더 많다는 사실을 간과한다. 나는 얼른 이렇게 덧붙였다. "그리고 보험 문제를 잊지 마세요. 보험회사에서 이렇게 언급하죠. 부자연스러운 활동을 위한 건물 사용. 변성알코올에 파라핀… 바싹 마른 상태의… 오래된 통나무…. 이런 것들이 보험료를 올리는 명약관화한 이유죠. 삼촌 한 분이 보험징수원으로 일하시거든요."

확실히 그는 '부자연스러운 활동'에 반응을 했다. 부자연스러운 활동은 런던 같은 곳에서도 골치 아픈 일인데, 이런 시골―그것도 북부의 깡시골―에서는 오죽할까! 게다가 죄악은 성직자에게 보고할 때 실제보다 두 배로 부풀려진다는 사실은 잘 알려져 있다.

"아, 알겠습니다." 그가 짜증스럽게 말했다. "그렇게까지 말씀하신다면 그냥 쓰세요." 그러더니 그는 너무 쉽게 항복해버린 사람들이 다 그렇듯이, 체면을 살리려고 몇 가지 제한 조항을 거론했다. "하지만 스토브가 일요일마다 '허용할 만한 상황'에 있도록 잘 관리하셔야 합니다. 그리고 당연한 말이지만 이곳이 축성된 곳

이라는 사실을 늘 기억하시겠죠? 당신은 교회에 나가
십니까?"

오, 이렇게 나올 줄 알았지. 나는 그에게 믿어도 좋
다고 대답했다. 그의 표정에서 애매한 내 대답이 품은
여러 의미를 따져보며 정확하게 내게 무엇을 믿고 맡
길 수 있을지 의심스러워하는 속내가 빤히 느껴졌다.
그의 표정으로 보아 아주 부정적이었다. 나는 교회에
나가는 사람으로 전혀 보이지 않았다. 솔직히 나는 '부
자연스러운 활동'에 빠지기 쉬운 '부적절한 사람'으로
보였다. 그의 조언에도 불구하고 그가 보고 싶은 생각
이 없는 벽화를 복원하기 위해 쓸데없이 고용된 사람
말이다. 그러므로 나는 되도록 빨리 작업을 끝내고 죄
악으로 물든 런던으로 한시바삐 사라지는 편이 더 좋
았다.

"아주 별나네요." 내가 말했다.

"뭐라고요?"

"이 스토브 말입니다." 내가 대답했다. "별나다고요."

"대책 없이 낡은 물건이죠." 그가 대꾸했다. "겨울 전

에 내다 버릴 작정입니다. 카탈로그를 보니 화구火口 두 개짜리 특허받은 스토브가 실려 있더군요. 화구가 냉각장치에 감싸져 있어서 열이 꾸준하고 확실하게 배출되죠. 소음도 없답니다."

그는 새 스토브를 기세 좋게 설명할 때는 완전히 다른 사람이 된 것 같다. 그 스토브는 옥스갓비는 고사하고 옥스갓비에 있는 카탈로그에 실려 있을 뿐인데도 말이다.

"이런 스토브는 과도하게 열을 받아서 어떨 때는 벌겋게 달아오르거나(사실을 따지자면) 계속 돌아가는데도 온기를 제대로 못 만들어내죠." 그는 분하다는 듯 슬쩍 스토브를 걷어찼다. 목사와 스토브는 오래된 숙적처럼 상대를 노려보았다.

그 후로도 그가 한참 이야기를 한 것 같은데, 내 귀에는 그의 말이 들어오지 않았다. 스토브의 상태를 살펴보는데 정신이 팔렸기 때문이다. 나는 기계라면 사족을 못 쓴다. 그날까지 내가 매료된 기계는 주로 시계나 시계장치로 작동하는 물건들이었다. 코크스(석탄으로 만든 연료—옮긴이) 스토브의 가능성에 대해서는 생각해 본 적도 없었다. 그 스토브에는 용도를 알 수 없는 나브(기계에 달린 둥그란 손잡이로, 좌우로 돌린다—옮긴이)와 토글(위·아래로 젖히는 스위치—옮긴이)이 여러 개 달려 있었다. 분명히 나는 이 빌어먹게 거대한 괴물의 기벽을 익히느라 유쾌한 수업 시간을 보낼 것이다. 게다가 내가 떠난 후에도 목사가 이곳에서 그것을 버리지 못하기를 바랐다. 나는 그가 부당하게 때린 곳을 위로하듯 어루만져 주었다. 이 스토브를 적당히 잘 구슬리고 모숩(누구인지 모르겠지만)이 내게 공감해 힘을 보태준다면, 이 스토브는 지옥의 불과 지옥에 관한 설교가 신도들의 가슴에 사무치게 만드는 것과 같은 충격적인 효과를 낼지 몰랐다.

그 스토브에는 무쇠 장미로 둘러싸인 커다란 타원형 방패가 달려 있는데, 그 방패에 따르면 월솔 시(잉글랜드 중부의 도시—옮긴이) 그린 레인에 있는 뱅크댐-크라우더 사가 제7564B호 특허에 따라 제작한 스토브였다. 이렇게 유서 있는 가문의 스토브였다니! 유서 정도가 아니라… 스토브 세계의 합스부르크 왕가라 할 수 있는 뱅크댐-크라우더 사 혈통이었다. 뱅크댐에게 무슨 일이 있었는지 신만이 아시리라. 하지만 크라우더에 대해서는, 언뜻 〈데일리 메일〉에서 그가 확실하게 숨이 끊어지도록 브리들링턴 잔교에서 뛰어내리기 전에 목을 뺐다는 기사를 읽은 기억이 났다. 그 이유는 스토브와 아무 관계가 없었다. 다만 그가 이해하지 못한 여자와 말馬이 문제였다. 그래서 그 회사는 더는 스토브를 만들지 않았다. 이 세상에서 코크스를 때서 온기를 얻어야만 하는 지역에는 충격적인 손실이 아닐 수 없다. 사실 마지막으로 스토브를 본 건 이프르(벨기에 서부에 있는 소도시 — 옮긴이)에서였다. 포탄이 폭발한 후 교회가 폭삭 무너졌다. 그곳의 스토브는 이렇게 훌륭하고 고풍스러운 뱅크댐-크라우더는 아니었다! 영국의 노동자에게 영광 있으라!

비가 후두둑 지붕을 때렸다. "정확하게 무엇이 마음에 안 드십니까?" 내가 물었다.

"그 스토브에서 우르르르 하는 소리가 나죠." 그가

짜증스러운 기색으로 대답했다. "… 그 소리가 기도를 하고 찬송가를 부를 때 방해가 되거든요. 아무 생각이 없는 꼬맹이들은 그 소리가 재미있나 봐요. 그리고 역류 현상도 있고요. 이게… 음, 역류해서 폭발하거든요. 연기에 불꽃에 재…, 맞아요, 재. 재가 폭포수처럼 신도에게 쏟아지죠. 몇 번이나 불평을 들었어요. 올해 1월 15일 저녁 예배 때 성가를 부르는 중에 성가대 쪽으로 재가 떨어진 일도 있었죠. 그냥 재가 아니었어요! 엄청난 재였다고요! 요크에서 수리공을 불러 스토브를 봐 달라고 했죠. 그 사람이 1기니를 청구하면서 더는 속 썩이지 않을 거라고 했다고요. 그런데 한 달도 안 돼서 또 말썽이 생기더군요. 이제 좀 잠잠해진 것 같아요. 이 스토브로 문제를 일으키지 않을 거라 믿어도 되겠죠?"

확실히 그 사람은 내가 절대 못 믿을 인간이라는 사실을 알았다. 나는 조금도 신뢰할 만한 사람처럼 보이지 않았다. 내 외투가 그렇게 말했다. 그리고 내 얼굴, 그러니까 왼쪽 얼굴도 문제였다. 그의 뱅크댐-크라우더처럼 내 얼굴도 발작적으로 경련을 일으켰다. J. G. 키치 목사 같은 사람들은 그런 증세를 좋게 보지 않았다. 증상은 왼쪽 눈썹에서 시작해 입으로 내려왔다. 파스샹달 전투(1917년 벨기에의 파스샹달에서 벌어진 전투로 제3차 이프르 전투라고도 한다. 1917년의 가장 치열했던 전투로 알려져 있다―옮긴이) 중에도 경련이 일어났고, 내가 유일한 사례도 아니었다. 의료진은 경련이 시도 때도 없이 일어날 수 있다고 했다. 아내인 비니가 나를 버리고 떠난 일도 이 증세에 나쁜 영향을 미쳤다.

그럼요, 믿으셔도 됩니다. 나는 이렇게 말했다. 그러고는 최대한 믿음직스러워 보이는 표정을 지었다. 내 얼굴의 반쪽이 믿음직스럽지 못한 방향으로 씰룩거리고 있었기에 내 표정은 끔찍했을 것이다. 그가 스토브를 다시 걷어찬 것을 보면 말이다. 그것은 분명 당혹스러움을 이기지 못하고 나온 발길질이었다.

"그럼." 그가 말문을 뗐다. "… 민감한 주제로 들어가서." 아주 민감한 주제가 분명했다. 그도 그럴 것이 그가 목소리를 잔뜩 낮췄기 때문이다. "그러니까… 볼일을 보고 싶으면 묘지의 북동쪽 구석에 있는 오두막을 쓰면 됩니다. 아주 호젓한 곳이에요. 라일락 덤불 뒤에 있죠. 내가 마지막으로 봤을 때 그곳에는 모숍이 쓰는 연장이 몇 개 있었어요. 하지만 공간은 충분해요. 괜찮다면 일주일에 한 번씩 자그마한 키팅 나무에 물을 뿌리고 삽으로 흙을 뒤엎어 주세요. 그러면 파리 떼가 꼬이지 않으니까요."

목사는 이런 이야기를 꺼내기 위해 마음을 아주 단단히 먹었을 것이다. 그는 다음 이야기로 넘어가기 위해 마음을 다잡으며 잠시 뜸을 들였다. "그리고 낫이 있습니다." 그가 말했다.

"낫이요?"

"거기 가면 모숍의 낫이 못에 걸려 있거든요. 녹이 슬었어요. 못 말이에요."

"아하."

"그러니 안전에 문제가 없게 손을 써둬야 합니다. 미리 말이죠…."

나는 그가 걱정하는 부분이 인명 손실인지 단순히

남근인지 의아해하며 감사 인사를 했다.

"문에게 당신이 그곳을 쓸 수도 있다고 말해 뒀습니다. 시기를 언제쯤으로 보고 계시나요?"

그가 흙을 뒤엎는 일을 의미했을 리 없을 테니 스토브 이야기를 하는 것이라 넘겨짚고 나는 이렇게 대답했다. "오, 아마 1890년이나… 1900년… 그 언저리가 아닐까 합니다." 말을 하다가 문득 은밀하게 그곳을 함께 쓰게 될 문이란 사람이 누구인지 궁금증이 일었다.

"아뇨, 그게 아니라요." 그가 짜증스럽게 대꾸했다. "그 그림요…. 벽화…."

나는 그림을 덮고 있는 더께를 벗기기 전에는 알 수 없다고 말했다. 그림 속 인물들의 의상을 보면 십 년이나 이십 년 오차로 제작연대를 짐작할 수 있을 것이다. 의복은 유복한 사람들의 옷이라 해도 유행이 그렇게 빠르게 변하지 않는다. 하물며 가난한 사람들의 의복은 거의 변하지 않는다. 그래서 그 그림에 부유한 여인이 한둘은 그려져 있기를 바랐다. 나는 짧은 상의인 커틀이 유행에서 사라지고 머리 망이 유행한 시기는 대략 1340년이라고 말했다. 하지만 그가 내게 추측을 해 보라고 한다면, 그리고 이런 일은 결국 추측에서 추측으로 끝이 나므로, 나는 14세기라고 말할 것이다. 즉, 흑사병이 휩쓸고 간 후 살아남은 큰손들이 죽은 이웃의 재산을 재앙이나 다름없는 헐값으로 사들이고, 그렇게 벌어들인 재산 일부를 죽음에 대한 두려움을 지우기 위해 써버리던 시절 말이다.

그는 아무래도 상관없는 이야기를 늘어놓기 시작했다. 바로 이런 화법 때문에 그의 이야기를 듣고 있기가 힘든지도 모르겠다. 하지만 한편으로 그의 목소리에는 영혼을 파고드는 구석이 있는 데다가, 어쩌면 내가 놓치고 듣지 못한 귀한 이야기가 잔뜩 있을 수도 있었다 (문과 모습의 데모클레스의 낫에 대해 잘 생각해 보아야 할지 모른다).

"언제부터 시작하실 겁니까?"

나는 속뜻을 알아차렸다. 음, 나는 이미 이곳에 와 있다. 그러니 첫 삽을 뜬 셈이다. 생각하고 자시고 할 것도 없이 충분히 간단한 이야기였다. 그가 뒤이어 이렇게 말했다. "초과 비용을 감당할 형편이 안 됩니다."

"그런 건 없을 겁니다."

"있어서도 안 됩니다. 25기니로 합의를 하셨죠. 선불로 그 금액의 반인 12파운드 10실링을, 작업을 끝내고 유언집행자들의 승인을 받으면 13파운드 15실링. 여기 당신이 보낸 편지가 있습니다."

"그런데 왜 유언집행자들이 관여하는 건가요?" 내가 물었다. "목사님이 하시지 않고요?" 허를 찌르는 공격이었다.

"유증 형식에서 헤브론 양이 생략한 것뿐입니다." 그가 씁쓸하게 거짓말을 했다. "물론 실수겠죠."

물론 그렇겠지. 내가 생각했다. 당연하잖아!

그의 반격이 바로 들어왔다. "어쨌든 나는 실질적으로 유언집행자들을 대리합니다. 그러므로 그림을 수정한다면… 희미해진 부분이나 이미 사라진 부분들 말입니다…. 그런 부분을 채워 넣어도 상관없습니다. 나머지 부분과 색감이나 분위기가 잘 어울린다면 상관없어요. 당신에게 다 맡기겠습니다."(그는 의심스러운 기색을 감추지 못한 채 이렇게 덧붙였다.)

믿을 수가 없어! 그런 생각이 들었다. 이런 사람들이 왜 이렇게 많을까? 신에게 자신을 바친 사실로 동료 시민을 대하는 태도에서 보이는 인간적 결함을 변명할 수 있다고 생각하나? 자신의 아내에게는 어떻게 할까? 집에서도 이런 식으로 굴까?

"물론이죠. 그곳에 뭔가가 있을지 확신할 수 없으니까요." 나는 상냥하게 대답하려고 신경을 썼다.

"물론 분명히 뭔가가 있기는 있어요. 헤브론 양에 대해서는 의구심을 품을 수 있어요(나는 그 점에 대해서는 논의할 처지가 아니었다). 하지만 그녀는 바보는 아니었어요. 그녀가 직접 사다리를 타고 올라가서 어느 부분을 뭔가가 나올 때까지 긁어봤거든요."

맙소사, 끔찍한 이야기로군! 어느 부분을 긁었다니! "긁어낸 부분의 면적은 어느 정도였나요?" 나는 신경질적으로 끙 소리를 내며 성단소 아치 위 컴컴한 곳을 한껏 노려보았다(내 광대뼈가 미친 듯이 움찔거렸다).

"머리통 하나일 겁니다." 그가 대답했다. "기껏해야

둘 정도겠죠."

머리통 하나! 어쩌면 둘! 어쩌면 여섯일 지도 모르지! 그 여자는 사포와 프라이팬을 닦는 솔을 사용했을 것이다. 나는 사다리를 타고 올라가 벽에 머리를 찧고 싶어졌다.

"긁어낸 곳은 다시 흰색 페인트로 덧칠을 했고요." 그는 내가 얼마나 당황하고 괴로워하는지 알아차리지도 못한 채 말을 이었다. "지금 이 자리에서 알아두는 편이 좋겠군요. 나는 당신을 고용하기로 한 결정이 탐탁지 않습니다. 당신도 눈치챘겠죠. 내가 보낸 편지에서 행간의 의미를 읽었을 테니까요. 당신에게 지급할 25기니를 다른 용도로 쓰자고 요청했을 때, 헤브론 양의 변호사들이 유언장의 조건이 이행될 때까지 우리 복원 기금에 그녀가 남긴 천 파운드를 내지 않겠다는 불합리한 자세를 취하지만 않았어도 이런 단계까지 오지 않았을 거예요."

나는 시선을 들어 어둠을 바라보았다. 그 여자는 그림이 거기 있다는 사실을 어떻게 알았을까? 그나저나 그녀가 긁어낸 머리 외에 아무것도 없으면 어떻게 한담? 하지만 어딜 보나 벽화에 대해서라면 확실한 불신자인 키치가 그곳에 있다고 믿었다면 분명히 있을 것이다. 어쩌면 그도 그림을 긁어냈을지 모른다는 생각이 설핏 들었다.

"사람들이 그 위에 있는 것을 모두 다 보게 될 거예요." 그가 투덜거렸다.

"그 위에 있는 것?" 내가 되물었다. "그 위에 있는 것이라고요?"

"뭐든 말이죠." 그가 사다리 위를 바라보며 퉁명스럽게 말했다. "예배를 보는 사람들의 관심을 빼앗을 거예요."

"아주 잠깐일 겁니다." 내가 말했다. "사람들은 한자리에 붙박이처럼 있는 색과 형태에 이내 관심을 잃거든요. 실제로 자신이 부릴 수 있는 여유보다 더 많은 시간이 있다고 믿고 언젠가는 평일에 와서 제대로 감상하겠다고 다짐하죠." '우리'라고 말해야 했다. 나도 똑같이 생각하니까.

그거 아는가. 키치는 이 주장을 거부하기 전에 타당한지 분명 잠시 따져보았을 것이다. 마침내 그가 갔다. 그는 문이 누구인지 말해 주지 않았다. 어쩌면 라일락 덤불 뒤에서 문과 마주칠지 모르겠다.

나는 다시 사다리를 타고 올라가 작업대 발판에서 살짝 뛰어봤다. 확실히 튼튼했다. 다음으로 내 앞에 있는 회벽을 어떻게 씻어내야 할지 숙고했다. 그랬다. '숙고.' 이 단어 외에 다른 단어는 쓸 수가 없다. 엄숙한 순간이었다. 그것(그러니까 벽)은 지붕의 대들보까지 올라가 양옆으로 퍼져 아치가 있는 곳까지 내려갔다. 나는 앞이 보이지 않는 사람처럼 양손을 펴고 그 여자가 흰 페인트를 바른 곳이 나올 때까지 벽의 표면을 쓸며 달렸다. 우리 인간은 원래 희망을 품는 존재이므로 언제나 다시 기만당하고, 경이로운 것이 가장 지저분한 갈색 포장지로 싸인 꾸러미에 있을지 모른다고 속아 넘어갈 준비가 되어 있다.

하지만 그 순간 나는 그것이 거기에 있기를 희망하

는 것이 아니라 정말로 있다고 '직감'했다. 그것이 〈최후의 심판〉이라는 것도 알았다. 그 벽화는 〈최후의 심판〉이어야 했다. 왜냐하면 교구 주민이 십일조를 게을리하거나 아이가 딸린 여자와 결혼을 하면 맞닥뜨릴 미래와 신에 대한 두려움으로 가득 찬 모습을 모두 볼 수 있는 위치에 있는 그 그림은 언제나 최후의 심판이기 때문이다. 성 미카엘은 죄악과 영혼의 무게를 비교해 가늠하고, 보좌에 앉은 그리스도가 심판하고, 저 아래로 영원히 활활 타오르는 지옥불이 있을 것이다. 그 얼마나 사람들의 이목을 끌어모을 찬란하고 현란한 장면인가. 어쩌면 머릿수 당 작업비를 계산해야 한다고 흥정을 해야 했는지도 몰랐다.

나는 너무 신이 나서 깜깜하지만 않았다면 바로 작업을 시작했을 것이다. 이런 행운이 굴러들어오다니! 처음으로 맡은 일…. 음, 온전히 내가 책임지는 첫 번째 일. 절대 실패하면 안 돼, 라고 생각했다. 의뢰비는 형편없지만, 어쨌든 그럭저럭 버틸 것이고 미래의 고객들에게 보여줄 작품도 생길 것이다. 그러므로 나는 훌륭하게 작품을 되살릴 각오였다. 눈부시고 입이 떡 벌어질 정도로 말이다. 스토크 오처드 마을이나 찰그로브 마을의 벽화 같은 작품. 〈타임즈〉 지에 기사가 실리거나 〈일러스트레이티드 런던 뉴스〉에 (사진과 함께) 자세한 글이 실릴 만한 작품.

나는 발판 사다리에서 내려와 이번에는 종탑 사다리를 타고 올라갔다. 그러나 등불에 불을 붙이기 전에, 창가로 다가가 어둠 속으로 마을을 바라보았다. 여기저기 흩어져 있는 마을의 집들이 빗줄기를 뚫고 환하게 빛나고 있었다. 음, 이곳이 앞으로 몇 주 동안 내 집이구나, 하는 생각이 들었다. 이 마을에는 내가 아는 사람도 나를 아는 사람도 없다. 화성에서 온 사람이라고 하는 편이 나을 것 같다. 아니다. 아무도 모른다는 건 사실이 아니다. 나는 J. G. 키치 목사를 안다. 게다가 그에 대해서 알아야 할 일은 이미 다 파악했다. 그리고 아까 만난 그 역장. 내게 식사를 대접하겠다고 하지 않았나? 따지고 보면 나와의 만남을 기다리고 있을 모숍과 문을 비롯해 옥스갓비의 전 주민. 나는 이미 유명인이었다. 도착한 지 두 시간도 되지 않았는데 말이다. 훌륭해!

그날 밤 나는 몇 달 만에 처음으로 푹 잤다. 그리고 다음 날 아침 새벽같이 눈을 떴다. 사실 그 후로 옥스갓비에서 지내는 동안 나는 동이 틀 무렵 눈을 뜨면 잠자리에 오래 머무르지 않았다. 내 작업은 피곤했다. 매일같이 거의 온종일 서 있었고, 때로는 서서 허기진 배를 달랬다. 게다가 밤이 되면, 들판에서도 길에서도 너무 높이 올라와 있어서 사람의 말소리조차 바람에 실려 올 수 없는 고미다락에서 지내니 그 무엇도 나를 방해하지 않았다. 가끔 한밤에 잠에서 깨면 저 멀리 숲 끝자락에서 여우 우는 소리나 어둠 속에서 도사리고 있는 작은 짐승들의 울부짖음이 들렸다. 그 외에는 오래된 건물에서 나는 소리만이 들릴 뿐이었다. 바닥에 뚫린 구멍으로 오르락내리락하는 종의 당김줄이 흔들리는 소리며 지붕의 대들보에서 들려오는 소리, 오백 년이 흘렀지만 여전히 제 자리를 잡으며 우지끈거리는 석재 소리 등….

그곳에서 몇 주를 지내는 동안 평온하지 않은 밤은
단 두 번뿐이었다. 한 번은 탑이 허물어지는 꿈을 꾸었
고, 다른 한 번은 총알을 뿜어대는 기관총 앞으로 기어
가는데, 몸을 숨길 구덩이가 없어서 진창으로 미끄러
지는 바람에 몸이 산산조각이 나 죽음을 맞이하는 악
몽을 꾸었다. 그 순간 나는 비명을 질렀고 밤짐승들이
그 소리에 합세했다. 사실, 세 번째로 잠을 이루지 못
한 밤이 있었지만, 그것은 훨씬 나중의 일이며 이유도
앞선 두 번과 달랐다.

그리하여 그곳에서 맞은 첫날 아침, 나는 담요를 둘
둘 말아놓고 종 당김줄을 피하며 남쪽 창문으로 다가
가 들이치는 비를 막으려고 걸어둔 코트를 집어 들었
다. 그 창문은 중간에 문설주가 있는 단순한 창으로,
당연히 유리가 없었다. 중간 문설주는 내 몸을 버틸 정
도로 견고했다. 비는 벌써 그쳤고 묘지의 풀밭에서는
아침 이슬이 반짝거리고 가느다란 거미줄이 바람을
타고 떠내려갔다. 찌르레기 한 쌍이 곤충을 잡아먹으

려고 돌아다니고 어제 물푸레나무에서 본 개똥지빠귀 한 마리가 여전히 그 자리에서 지저귀고 있었다. 그리고 그 너머에는 내가 역에서 교회로 오는 길에 가로지른 목초지가 펼쳐져 있었다. (강 근처에 종 모양 텐트가 쳐져 있었다.) 목초지 너머에도 구릉지의 시커먼 가장자리로 들판이 뻗어 있었다. 날이 밝아오자 찬란한 풍경이 눈앞에 펼쳐졌다. 나는 창에서 돌아섰다. 그리고 거대한 만족감에 휩싸였다.

잠시 후 챙겨 온 음식 꾸러미를 풀어 차와 마가린, 코코아, 쌀, 빵 한 덩이를 꺼내며 음식을 제대로 밀폐된 곳에 보관하려면 뚜껑이 꽉 닫히는 깡통 두 개를 구해야 한다고 생각했다. 나는 변성알코올로 스토브에 불을 피우고 얇게 저민 베이컨 두 장을 구워서 두툼한 샌드위치를 만들었다. 벽에 등을 기댄 채 마룻바닥에 앉아 있으니 매우 상쾌했다. 그렇게 앉아 있어도 창문으로 여전히 거대한 해양생물의 등줄기처럼 솟아오르는 구릉이며 양옆이 화이트호스 계곡으로 이어지는 시커먼 숲이 잘 보였기 때문이다.

다음 순간 신의 은혜가 찾아왔는지, 나는 첫 번째 아침, 그 아침의 첫 몇 분 동안 이 낯선 북부의 시골 마을이 내게는 다정한 곳이고, 내 인생의 고비를 잘 넘길 것이고, 잎사귀들이 처음으로 떨어질 때까지 활활 타오를 1920년의 여름이 생명의 계절이자 축복의 시간이 되리라는 예감이 들었다.

나는 이번에 맡은 작업이 얼마나 오래 걸리든 상관없다고 스스로에게 말했다. 남은 7월을 지나 8월, 9월을 잡아먹고 10월까지 일을 해야 한다고 해도 말이다. 나는 단순하게 생활하고 등유와 빵, 채소를 사는 돈을 최대한 아끼고 가끔 주머니 형편이 허락한다면 쇠고기 통조림을 맛보기도 하며 행복하게 지낼 것이다. 일주일에 우유 2파인트로 어떻게든 지낼 수 있겠지만 이런 날씨에는 보관이 어려울 수 있으니 3파인트를 사야만 할 것이다. 오트밀 포리지는 영양이 뛰어나고 두 번째 먹을 때는 데우기만 하면 된다. 집세를 내지 않아도 되니 이것저것 따져보면 일주일에 15실링으로도 안락하게 살 수 있고 심지어 10실링이나 12실링으로도 버틸 수 있으리라. 사실 그들이 내게 주기로 한 25파운드면 동절기가 찾아와 추위를 피해 런던으로 가야 할 때까지 이곳에서 유유자적하며 지낼 수도 있을 것이다.

평온하기만 한 이런 은신처에 와서, 한 철 동안 의뢰인들을 위해 벽화의 때를 벗기는 것 외에 아무런 걱정거리 없이 지낼 수 있다니 환상적이었다. 이 일을 끝내면 새 출발을 할 수 있을 것 같았다. 전쟁과 비니와의 불화로 내게 일어난 일들을 모두 잊고, 모든 것을 내팽개친 그곳에서 다시 시작할 수 있을 것도 같았다. 지금내게 꼭 필요한 상황이라는 생각이 들었다. 새로운 출발. 그 후에는 더는 재앙이 일어나지 않으리라.

우리 사람은 희망을 먹고 사는 법 아닌가.

고미다락에는 창문이 하나 더 있었다. 나는 그것을 전날 저녁에 알았다. 부대 자루 천으로 가려 놓은 것으로 보아 일종의 구멍 같은 것이 있을 것 같았다. 나는 그 천을 확 잡아당겼다.

지난 몇 년 동안 나는 수십 곳 어쩌면 수백 곳이나되는 교회를 돌아다녔을 것이다. 하지만 그 천을 잡아당기자 지금까지 본 것들 가운데 가장 특별한 광경이 드러났다. 그곳, 내 코와 거의 맞닿을 정도의 거리에 난간동자(난간을 떠받치는 작은 기둥―옮긴이)가, 그것도 거대하기 짝이 없는 앵글로-색슨 난간동자가 있었다. 갑자기 웃음이 터졌다. 그런 것은 처음 봤지만, 나는 보자마자 위더펜 양의 영국 건축사 수업에서 우리의 바이블이었던 그리운 《배니스터-플레처》(영국의 건축가이자 건축사학자인 배니스터 플레처가 쓴 《건축의 역사》를 말한다―옮긴이)'에서 본 기억이 퍼뜩 떠올랐다. "난간동자를 그리세요." 그녀는 늘 우리를 다그쳤다. "계속 그려요. 유치한 코린트 양식의 머리 기둥을 갉작대지 말고 영국식 난간동자를 그려요." (아직도 그릴 수 있다.)

그런데 바로 그 영국식 난간동자가 여기에 있었다. 대충 만든 돌기둥에 위아래로 고리가 하나씩 걸려 있는 형태였다. "어서 해요. 난간동자를 그려요!" 내가 죠셉 콘래드였다면 잃어버린 젊음의 땅에 관해 일장 연설을 했을 것이다. 내 생애 최초로 본 진짜배기 난간동자! 그리고 앞으로 몇 주 동안 실질적으로 그 난간동

자는 '내' 소유였다. '나의' 난간동자였다. 그래서 나는
불룩한 배처럼 나온 부분을 토닥였다. 한 번은 배니스
터를 위해, 또 한 번은 플레처를 위해, 또 한 번은 오래
전에 죽은 작업자들과 나처럼 아직 살아있는 이들을
위해.

　나는 중앙회랑을 내려다보았다. 아직 빛이 환하게
들지 않았다. 대들보 근처의 발판을 보니 벽화 작업을
시작하기에는 너무 어두웠다. 그래서 아래로 내려가
건물을 한 바퀴 둘러보았다. 이 교회 건물은 낮은 중앙
회랑의 아치 천장과 한 쌍의 넓은 측랑 덕분에 대체로
외관이 번듯했다. 그렇지만 세세하게 살펴보면 (물론
내 난간동자를 제외하고) 누추함이 보였다. 그래도 벽 하
나에 훌륭한 기념물이 남아 있었다. 그 기념물이란 바
로크풍의 얕은 돋을새김으로 새겨진 젊고 튼튼한 체
격의 레이디 레티샤 헤브론으로, 그녀의 본질적인 아
름다움은 그녀의 우아한 관대함과 승천할 때 꽉 붙잡
고 있는 수의에 겸손하게 휘감겨 있었다. 1799년에 A.
H.라는 사람이 훌륭한 솜씨로 조각한 이 작품에는 젊

은 남편이 남긴 추모사가 몇 줄 새겨져 있었다. 나는 그 남편이 카탈로그에서 비문을 고르지는 않았으리라 생각하고 싶었다. 그 글은 라틴어였지만 나는 대충 하고 싶은 말이 무엇인지 알 것 같았다….

conjugam optima amantissima et delectissima
누구보다 사랑스럽고 기쁨에 넘쳤던 아내여

그 후로도 죽은 아내의 비할 데 없는 매력을 열 한 줄에 걸쳐 나열하고서 마침내 열두 번째 줄에서 남편은 단 한 마디로 슬픔에 찬 마지막 인사를 건넸다—Vale(안녕히).

나는 추모사를 다 읽은 후 레티샤를 지긋이 다시 보았다. 몸에 딱 달라붙은 수의 덕분에 그녀의 자태가 더 돋보였다. 그리고 감질나게 입꼬리를 살짝 말아 올린 그녀의 얼굴에서 친근함이 느껴졌다. 'conjugam optima amantissima et delectissima….' 역시 그녀의 남편이 옳았다. 그는 나보다 훨씬 더 행운아였다.

나는 작업 도구를 챙겨 사다리를 타고 올라가 도구를 발판에 내려놓았다. (회칠을 표면에서 들어 올리는 용도인) 핀셋과 알코올 용해제로 쓰이는 염산 한 병, 붓 몇 자루, 가루 물감, 암모니아 희석용인 증류수 한 병…. 작업 도구는 대부분 조 워터슨이 마지막 작업을 끝내고 내게 행운을 빌며 남겨 준 것들이었다.

"이봐, 이 일은 전문직이야." 그가 말했다. "빌어먹게 위험하고 돈벌이는 죽어도 안 되는 일이지. 그렇지만, 전문적인 일이 아무나 할 수 없는 숙련된 일을 말하는 것이라면, 이건 어쨌거나 전문직이야." 그러더니 그는 턱수염이 덥수룩한 얼굴로 냉소하듯 웃었다. "그래서 우리가 멸종 직전인 거야. 이제 이 일을 하는 사람은 자네와 나, 둘 뿐이야. 조지 펙오버는 시력이 너무 나빠서 사다리에서 언제 떨어질지 몰라. 그날이 오면 자네는 경쟁 없이 굶어 죽을 수 있어."

나는 내 새 영토를 조심스럽게 돌아보았다. 바로 머리 위에는 지붕의 용골이 종루의 벽으로 죽 뻗어 있었다. 그렇게 뻗어 나간 용골은 상당히 독특하게 생긴 양각장식 세 개를 가로지르듯 벽을 뚫고 들어갔다. 높은 지붕으로 만들어진 성채 같은 공간에 담긴 어둠 덕분에 그 장식들은 원래 색깔을 잃지 않았다. 그곳은 훌륭한 중세 갤러리(교회 같은 건물의 중2층―옮긴이)였다. 내 자리에서 가장 가까운 곳의 장식조각은 그리스도의 얼굴로, 교수대의 나뭇가지들 사이에서 고통받는 그리스도의 얼굴 조각인 스페인 헤드와 거의 흡사했다. 그 아래로 내려가면 엉뚱한 침대에 갇힌 커플 사이로 얼굴이 시커멓고 괴상한 악마가 싱글싱글 웃으면서 얼굴을 내밀고 있는 조각이 있었다. 마지막으로 백합으로 된 푸른 방패를 쥐고 있는 통통한 여인이 있다. 역시나 진짜배기 교회 마니아라면 다 아는 사실을 이 교회도 입증해 주었다. 오래된 건물은 잘 관찰해보면 어김없이 흥미진진한 구석이 툭 튀어나온다.

그때 문이 끼익하고 열리더니 중키의 땅딸막한 남자가 고개를 내밀고 꼼꼼히 따져보듯 나를 한참이나 바라보았다. 동그란 얼굴에 자신만만한 표정을 짓고 있었으며 파란 눈동자의 두 눈은 알만 하다는 눈빛을

하고 있었다. "안녕하십니까." 그가 인사를 건넸다. (그
의 음성은 꽤 높았는데 놀랄 정도로 청명했다.) "안녕하세요!
나는 찰스 문이라고 합니다." 그는 헝클어진 금발 머리
에 쓰고 있는 짜부라진 트위드 무늬 모자를 들어 올렸
다. "저 옆에서 발굴 작업을 하고 있습니다. 들판에서
요. 내 텐트를 벌써 보셨겠죠? 당신이 짐을 풀고 슬슬
적응할 때까지 기다리려고 했는데, 여기에 볼일이 있
어서 겸사겸사 당신과도 안면을 트자 싶더군요. 솔직
히 말하면 밤새 몸이 너무 뻣뻣해져서 거기까지 이 다
리로는 올라갈 수가 없어요. 대신 아침마다 여기까지
와서 밤새 레티샤가 제대로 승천했는지 살펴보죠." 그
가 남쪽 측랑을 향해 손을 흔들었다.

"지금 내려가죠." 나는 이렇게 말하며 아래로 내려갔
다. 그는 스물일곱이나 스물여덟 정도로 보였다. 키가
작은 그 남자는 뻣뻣해 보이는 자세로 뿌리를 내린 듯
서 있었다. '주의 모든 파도와 물결이 나를 휩쓸었나이
다'(시편 42장 7절—옮긴이)라고 말하는 듯한 그의 얼굴을
보자마자, 나는 대위의 견장이 달려 있었을 제복의 어

깨에 남은 구멍 세 개보다도 더 먼저 그의 상황을 알 수 있었다.

나는 처음 만나는 순간부터 그가 마음에 들었다. 그는 자신의 중심이 확실한 사람이었다. 그리고 그도 나를 좋아했다(이런 상황은 늘 도움이 된다). 맙소사, 지나간 세월이여! 모두 사라졌다. 이제 아무도 아무것도 없다. 처음으로 단독으로 일을 따냈다는 흥분과 자부심이며 옥스갓비, 캐시 엘러백, 앨리스 키치, 문, 그 온화한 날씨의 계절까지 애초에 존재한 적도 없었던 것처럼 자취도 없이 사라졌다.

우리는 햇빛이 쏟아지는 곳으로 나가 벽에 기대섰다. 오래 머무를 예정인지 묻자 그가 자신의 텐트를 가리켰다. "첫서리가 내릴 즈음까지는 있을 겁니다. 그러면 이번 겨울에 우르(이라크 남부에 세워졌던 수메르의 도시국가—옮긴이)에 갈 만큼 돈을 모을 수 있을 거예요. 울리(우르 발굴로 유명한 영국의 고고학자 레너드 울리를 말하는 듯하다—옮긴이)가 지금 지구라트 유적을 발굴 중이죠. 내가 가면, 그가 내게 일을 줄 거예요."

훗날 나는 이런 것을 문이 가진 최고의 장점이라고 생각했다. 모든 것이 다 잘 될 거라고 터무니없을 정도로 순진하게 믿는 모습 말이다. "울리가 내게 일을 줄 거예요!" 어련하겠어. 하루에 한 번 다니는 바스라-바그다드 기차를 타고 와 우르 교차로에서 훌쩍 뛰어내린 그를 반기는 것은 승강장도 없는 곳에 민가라고는 달랑 오두막 세 채가 다인 동네지만, 그는 돌무더기와 모래뿐인 곳을 힘겹게 지나며 이렇게 소리치리라. "제가 왔습니다. 우리는 초면이라 저를 아직 모르시겠죠. 제 이름은 찰스 문입니다. 제게 무슨 일을 맡기시겠습니까?"

나는 그에게 무엇을 발굴 중인지 물었다. 그가 웃었다. "글쎄요, 공식적으로는 헤브론 양의 선조로 1373년에 사망한 피어스 헤브론의 무덤이죠. 헤브론 양은 그 선조가 파문을 당했다는 내용의 서류를 찾아내고 무덤이 교회 밖에 있을 거라고 짐작했어요. 나는 그 사람의 무덤을 찾아야 해요. 아니 적어도 찾으려고 노력을 해야 하죠. 헤브론 양은 그 조상의 무덤에 칠 울타리

비용 50파운드를 따로 책정해 두었더군요." 그는 자신은 별 관심이 없다는 듯이 항목을 읊었다.

"뼈가 없으면 돈도 없나요?"

"맙소사, 그렇지는 않아요. 나는 현상금 사냥꾼이 아니니까요. 계약서에 따르면 나는 '상당한 기간에 걸쳐 상당한 노력'을 기울여야 해요. 유언집행인들은 3주나 4주면 충분하다고 여길 테고 아무것도 못 찾아도 크게 신경 쓰지 않을 거예요."

"그걸 정말 찾을 수 있을까요…. 그 무덤 말이에요. 그러니까 그 선조라는 사람은 어디든 묻혀있을 수 있잖아요. 헤브론 가 정도의 가문이라면 성직자를 손아귀에 넣고 있지 않았을까요? 어쩌면 제단 아래에 묻혀 있을지도 모르죠."

문이 활짝 웃었다. 한참 후에 나는 그 웃음을 구식 미소(이 지역에서 부르는 표현대로)라고 기억했다. "어쩌면." 그가 말했다. "당신 말이 맞을 거예요." 그리고 들판만 아니라 교구 전체를 가리키는 듯이 애매하게 손을 흔들었다. "나도 그 노인에게 똑같이 말했어요. 노

인요? 그녀의 남동생인데, 퇴역 대령이죠⋯. 아뇨, 아
뇨, 보어 전쟁(아프리카에서 종단 정책을 벌이던 대영제국과 그곳
에 정착해 사는 네덜란드계 보어인이 두 차례에 걸쳐 벌인 전쟁으로,
2차 보어전쟁이 1902년에 끝났다 ─옮긴이)이요. 그분도 내 말
뜻을 알아들으시더군요. '우라지게 맞는 말일세, 문. 나
도 애디에게 똑같이 말했어. 말도 안 되는 헛소리야,
애디. 이렇게 말했지. 어디든 있을 수 있어. 그 뼈다귀
는 모솝이 오이 넝쿨대로 쓰려고 벌써 파헤쳤을지도
몰라. 그런데 설득해 봐야 소용없었어. 결국에는 같은
이야기로 돌아왔지. 내 돈을 어떻게 쓰던 그건 내 마음
이야, 테드. 네게는 다 쓰고 죽지도 못할 만큼 남겨 줄
게. 어리석은 여자 같으니라고!'"

문이 킬킬거렸다. "그분을 만나지 못해서 안타까워
요." 그는 이렇게 말하며 주머니에서 지갑을 꺼냈다.
"봐요. 우리 후원자의 사진이에요. 모솝에게 빌렸죠.
색이 꽤 바랬어요."

나는 아델아이드 헤브론 양을 몹시 흥미롭게 살펴
보았다. 내 첫 번째 고용주! 그녀는 금발의 긴 머리를

뒤로 곧장 넘겼으며 입꼬리 한쪽을 살짝 올려 냉소적으로 보이는 미소를 은은하게 짓고 있었다. 눈동자 색깔은 연했으며 콧날이 무척 섬세했다. 대령, 그러니까 보어 전쟁의 대령은 야전 장군의 얼굴치고는 세속적인 느낌이 별로 없었다.

"그분과 나는 죽이 잘 맞았을 것 같은 예감이 들어요." 문이 말했다. "그분은 내가 늙은 악마를 파내든 말든 관심도 없다는 사실을 이해할 것 같거든요. 그분이 돌아가시기 전에 돈을 걸지 않아서 유감이에요. 그분이 살아 계신다면 매일 작업과정을 살펴보려고 오시는 시간을 즐겼을 텐데."

"음, 이 발굴 건에 대해서 그렇게 생각하면, 내 말은 그 일을 굳이 안 해도 상관없다면, 왜 온 거죠?" 나는 묻지 않을 수 없었다. 어딘지 사기처럼 보였기 때문이다.

"음, 바로 여기에 뭔가가 있다는 걸 알아차렸으니까요." 그는 내가 그것을 알아보지 못했다는 사실에 오히려 놀란 듯이 대답했다. "그렇게 말하는 건 좀 어폐가 있겠네요. 그런 가능성을 인정했다는 편이 더 정확하겠죠. 그래서 공군 비행사 친구가 자신의 낡은 비행기로 여기까지 태워다줄 때까지 계약도 하지 않았어요. 모든 게 비공식적이었죠. 우리는 저녁 늦게 도착했어요. 그 시간대가 까마득한 옛날에 무슨 일이 있었는지 살펴보는 시간대거든요….

내가 옳았더군요. 확실하게 보였어요. 바실리카(내부에 기둥이 두 줄로 서 있는 큰 교회나 회관―옮긴이) 말이에요. 색슨족에게 그런 것이 있었다면 분명히 샤펠이라고 불렀겠죠. 아마 600년… 아니면 650년경일 거예요. 아주, 아주 초기죠. 색슨족이 기독교를 최초로 공격한 후로 오랜 시간이 흐른 후일 리는 없어요. 초기 교회 묘지 중앙에 지어졌거든요. 물론 당신이 아는 그런 곳이 아니고요. 토기 유골함 묻은 자리 말이에요. 그런 게 몇백 개나 돼요. 저 들판이 흡사 바늘꽂이인 거죠. 누군가 우연히 알아차렸을 리는 없어요.

누구든 책임자에게 이 사실에 대해서 알리는 것이 제 의무예요. 물론 그럴 겁니다. 하지만 그건 그 바실리카 터를 찾아내고 내가 품은 의문 두세 개의 해답을 얻고 나서의 문제예요. 마을 사람들에게는 내가 찾고 있는 것이 전혀 특별하지 않아요. 그러니 그들은 무슨 돌을 보든 오래된 축사의 잔해로 여길 뿐이죠. 당신에게만 말해 주는 건 저 위에서 살게 되었으니 어떤 식으로든 알아차릴 것 같기 때문이에요."

음, 나는 문처럼 슬그머니 딴짓을 할 배짱은 없었다. 계약을 하고 사례금을 받아놓고 실제로는 다른 일을 하다니!

"나는 양심의 가책은 조금도 느끼지 않아요." 그는 내 마음을 읽기라도 한 듯 이렇게 말했다. "전혀요. 우르에 가기에는 너무 일러요. 친구도 없고 매형과도 잘 맞지 않았죠. 아니, 엄밀히 말해 그건 사실이 아니에요. 우리는 사이가 좋아요. 다만 서로의 취향이 아닐 뿐이죠. 하지만 그런 건 중요하지 않아요. 나는 애디의 돈이 좋은 곳에 쓰인 것 같아요. 에디가 이 들판이 예사로운 곳이 아니라는 사실을 짐작도 못 했다고 해도 전혀 놀랍지 않아요. 탐사를 끝내면 그 노인의 뼈를 찾으러 다닐 시간을 내야죠. 찾는 시늉은 해야 하니까요…."

물론 뒤늦게 알게 되었지만, 우리가 그곳에 서서 잡담을 할 때 그는 이미 그 무덤이 어디에 있는지 정확히 알고 있었다는 사실이 나중에 떠올랐다.

"어이쿠, 지금 이렇게 서서 뭘 하는 거죠?" 그가 말했다. "같이 가요. 차를 끓일 테니."

나는 이미 아침을 먹었다고 말했다.

"오, 그러지 말고요." 그가 말했다. "노스-이스턴 철도를 타고 오는 동안 힘들지 않았다는 말은 말아요. 그 빌어먹게 지독한 장소에 관해 이야기나 하면 되겠네요. 와서 차 한잔 해요. 누가 알아요. 우리 둘 다 한 잔 더 하고 싶어질지. 차도 차지만 이번에는 당신이 하는 일에 관해 들려줄 차례예요."

그렇게 우리는 그의 마법의 들판을 지나 텐트로 갔다. 놀랍게도 그것은 구덩이에 세워져 있었다. "이러면 단열이 더 잘 되거든요." 그가 설명했다. "게다가 옛날 느낌도 나잖아요. 나는 구덩이에 애착이 많아요. 당신은 사다리를 타고 오르고 나는 내 구덩이로 내려가죠…. 우리는 생존자예요. 이봐요, 오늘 저녁에 세퍼드 암스에서 한잔 어때요. 거기 가면 동네 사람들도 만날 수 있어요."

나는 그 제안을 선뜻 받아들일 수 없었다. 그는 내 주머니 사정이 빠듯하고 내가 키치에게서 아직 작업 비를 못 받은 것을 짐작하는 기색이었다. 그래서 한 번 더 권하지 않았을 테지. 대신 그는 자신의 왼쪽 다리를 두드리며 말했다. "밤만 되면 몸이 뻣뻣해진다고 아까 말했죠. 음, 엄밀히 말해 그건 아니에요. 빼내지 못한 파편이 남아 있어서 그래요."

이런 말을 나누는 동안 문은 물을 끓였다. 그가 머그 잔 두 개에 차를 가득 따랐고 우리는 다시 교회 마당 의 담벼락으로 돌아갔다. "저기 봐요, 당신 왼쪽." 그가 말했다. "땅이 살짝 꺼진 게 보이죠. 안 보인다고요? 괜 찮아요. 내 말을 믿어요. 저기 하나 있으니까. 풀이 더 짧으면 더 잘 보일 거예요. 대충 9 곱하기 5 정도의 면 적이에요. 얼추 맞을 거예요. 그 부분의 일부가 담장 아래까지 이어지죠. 다시 지은 증거예요…. 그 벽 말이에요… 게다가 여러 번."

그가 나를 바라보았다. 나는 그가 무슨 말을 하는지 알아듣지 못했다. "이봐요." 그가 말했다. "그 사람들은 우리와 같지 않았어요. 그 사람들의 정신은 우리와 다르게 작용했다고요. 종교는 마법이었어요. 옛날 사람들은 무슨 말이건 다 믿었어요. 그의 가족이 그의 시신을 교회나 교회 묘지로 들여오지 못했다면, 최대한 가까이에 매장했을 거예요. 그가 아무것도 아닌 사람이라도 그들은 그렇게 했을 거예요. 죽은 고양이처럼 아무렇게나 파묻지는 않았겠죠. 그는 온전하게 보존될 수 있는 석관에 안장될 수 있는 계급이었어요."

그가 턱을 톡톡 치면서 뭔가를 꿰뚫어 보려는 듯이 나를 바라보았다. 그러더니 싱긋 웃었다.

"우리는 같은 부류죠." 그가 말했다. "전문가! 빌어먹게 짜증 나는 인간들!" 그가 땅바닥으로 주저앉더니 담벼락에 등을 기댔다.

이제 해가 꽤 높이 떴고 누군가 들판을 가로질러 왔다…. 작업의 진척 상황을 확인하러 오는 키치이겠거니 했다. 하지만 그가 아니었다.

"오 맙소사, 대령이잖아." 문이 소리쳤다. "저 사람은 길을 잃은 영혼처럼 이 주위를 어슬렁거리죠. 이봐요, 가지 말아요. 2분가량 있어 봐요. 그러는 편이 좋을 거예요. 대령이 당신을 뒤따라 사다리에 오를지도 모르니까요."

풀이 죽은 듯한 분위기의 대령은 키가 컸다. 옷을 아무렇게나 입었고 어딘지 어수선해 보였으며 정신을 딴 데 팔고 있는 것 같았다. 괜히 마주치기 싫은 부류이며 말을 해도 듣고 있는 것처럼 보이지 않는 남자라고 할까. 어쩌면 너무 소심해서 정말 관심이 없는 일과 사람에 중뿔나게 나서지 않는 사람일 수도 있었다. 어쩌면 존경스러운 누나 아델라이데가 구명밧줄이었기에 그녀가 없는 지금 그는 표류 중인 지도 몰랐다.

"아!" 그가 말했다. "안녕하시오! 그래. 진척이 있었소? 진행 중인가요?"

문은 그가 정확히 어떤 반응을 기대하는지 확실히 알았다. 그는 아무 말 없이 아무것도 읽히지 않는 표정을 지었다. 나는 문의 이런 재주가 존경스러웠다. 지금도 기억하는데, 그때 문이 일어섰다. 그는 마치 자신도 일어서려는 참이었던 것처럼 훌쩍 일어섰다.

한편 대령은 주위를 휘적거리고 다니며 자신이 모르는 조상의 묘가 있을지도 모르는 땅을 밟고 다녔다. "아!" 그가 말했다. "그래요. 아주 흥미로워요. 여러분 같은 사람들이 와 있는 게 말이오. 변화가 생기지. 원하는 만큼 계시오. 음, 사람들을 잘 다루어야 하오. 작업을 방해하는 사람들 말이오."

"이분은 버킨 씨입니다, 대령님." 문이 말했다. "성단소 아치 위에 무엇이 있는지 우리에게 알려주려고 오셨죠."

대령이 내 부츠로 시선을 내렸다. "몹시 흥미롭군요." 그가 대꾸했다. "원하는 만큼 지내시오, 버킨. 혹시 일요일마다 우리 경기에 심판을 봐주실 생각은 없소? 모숩이 요즘은 한 번에 그렇게 오래 서 있기 힘들다는 군요. 음, 더 오래 머무르시면 좋겠군요. 또 봅시다. 이제는 가봐야겠소. 모숩에게 당신이 심판을 보러 올 거라고 말해 두겠소. 정말 고맙소이다."

대령은 계속 꾸물거렸다. 그러더니 돌아서며 말했다. "특이한 물건을 좀 찾아내셨소, 문? 공예품 같은 것? 금붙이 같은 건 없던가요?"

문은 아까보다 더 비통한 듯 보였지만, 목이 졸리는 것 같은 소리를 내는 것으로 지당한 질문이라는 사실을 인정하는 듯했다.

"내 질문에는 마음 쓰지 마시오. 그냥 궁금해서 물어본 거니까. 원하는 만큼 계시오." 그러더니 대령은 어기적거리며 그 자리를 떴다.

나는 대령과 한 마디도 나누지 않았다. 그는 내가 옥스갓비에 머무르는 동안 일어날 일에 아무 의미도 두지 않았다. 나로서는 대령이 저 모퉁이를 돌아가서 죽는다고 해도 상관없었다. 하지만 그건 우리도 마찬가지다, 안 그런가? 우리는 멍한 표정으로 마주 보았다. 나는 여기 있고, 당신도 있다. 우리는 여기서 뭘 하는 중일까? 이런 일이 다 뭐란 말인가? 계속 꿈이나 꾸자. 그래, 저 피아노 위에 있는 사진은 부모님이다. 내 형은 벽난로 선반에 있지. 저 쿠션 커버에 수를 놓은 사람은 내 사촌 새러인데, 수를 다 놓고 한 달 후 죽었다. 나는 8시에 출근해 5시 반에 퇴근한다. 은퇴하면 뒷면에 내 이름이 새겨진 시계를 받을 것이다. 자, 이제 당신은 나에 대해 다 안 셈이다. 꺼져라. 나는 당신을 벌써 잊었으니까.

내가 머무르는 동안 아침은 대체로 그날 아침처럼 흘러갔다. 누구도 선뜻 입을 열지 않은 채 문의 구덩이에서 차를 마시는 동안, 문은 파이프를 한 대 피웠다. 나는 그에게 작업은 어떻게 되어가고 있는지, 누가 그의 구덩이를 보러 왔는지 물었다. 그러면 그는 내 작업은 어떻게 되어 가는지, 누가 교회로 어슬렁거리며 찾아왔는지 물어보며 간간이 파이프 연기 사이로 뭔가를 살피듯 나를 바라보았다. 자, 당신은 어떤 사람이지? 누구를 버려두고 왔지? '그곳'에서 무슨 일을 겪었기에 그토록 지독한 경련을 얻게 된 건가? 그들에게 이끌려 고기 다지는 기계로 끌려 들어가기 전의 모습을 되찾으려고 여기 온 건가?

나는 그의 눈빛에서 이런 질문들을 읽었지만 굳이 대답하지 않았다. 그 정도로 솔직하지 못했기 때문이 아니고 말을 하는 게 도움이 되지 않을 것이기 때문이었다. 그들은 오로지 시간이 나를 정화해 줄 것이라고 말했다. 그래서 나도 그들을 믿었다. 아무튼 모두 다 과거일 뿐이었다. 그리고 옥스갓비에서 작업을 하던 초기에 나는 그 일에 완전히 빠져 지냈다. 상상도 못 할 정도로 흥분되었다. 우선 내가 때를 벗기고 있는 것이 무엇인지조차 확실하지 않았다고 설명하면 이해가 되려나.

중세 벽화들의 소재는 뻔한 레퍼토리를 벗어나지 않는다. 흥청망청 방탕하게 놀다가 지옥에서 고통을 받으며 몸부림치는 탕자 셋이 있다. 어깨에 아기 예수를 올린 채 물고기와 인어들 사이를 성큼성큼 걸어가는 성 크리스토퍼가 있다. 바퀴와 형벌대, 검을 금욕적으로 견디며 지루한 표정을 짓고 있는 세 명의 성녀가 있다(이런 그림들이 측랑의 벽이나 중앙회랑 위에 재주껏 자리를 잡고 있다). 하지만 성단소 아치와 지붕 대들보 사이의 가장 넓은 부분에는 항상 가장 중요한 주제 즉, 최후의 심판이 자리를 잡고 있다.

음, 충분히 합리적인 결정이다. 호화 출연진은 대형 무대가 필요하니까. 거대한 아치 주위로 높이 솟은 벽은 제일 정상에 우주의 지배자인 그리스도를 적절히 배치할 수 있고, 아래로 이어지는 구부러진 두 부분은 무대 밖에서 천국이 있는 북쪽으로 가는 정의로운 부대에 속한 의기양양한 영혼들과 (대체로 머리부터) 불로 추락 중인 저주받은 영혼을 훌륭하게 분리해 준다.

그래서 나는 짧은 사다리를 타고 올라가 꼭대기 부분을 살펴보면서 이곳의 벽화도 일반적인 벽화와 비슷한 짜임새인지 살펴보는 것으로 옥스갓비에서의 작업을 시작했다. 그리고 내 예상은 딱 들어맞았다. 둘째 날 작업을 마무리할 무렵 매우 훌륭한 머리통 하나가 드러났다. 그랬다. 정말 훌륭한 머리였다. 뾰족한 턱수염과 아래로 늘어진 콧수염, 검게 윤곽을 그린 두툼한 눈꺼풀이 나타났다. 입술에는 진사(辰砂, 안료용으로도 쓰

는 적색 황화수은—옮긴이)를 바른 기색이 없었다. 그것은
이 벽화를 그린 화가가 기량을 살려 마련한 방비책이
었다. 흥미롭게도, 진사를 바르면 약 20년 후 석회 때
문에 색이 검게 변한다는 사실을 알았을 것이다. 의복
의 색이 드러나자 청금석을 갈아서 만든 청색 계열의
왕자인 군청색이 보이기 시작했다는 사실은—이 색
이야말로 의복을 입은 사람의 계급을 알려준다—, 그
화가가 수도원에서 어떻게든 군청색 안료를 마련할
돈을 빼냈을 거라는 걸 시사해준다—그런 비용을 댈
수 있는 마을 교회는 없기 때문이다. (수도원은 최고 수
준의 장인만 고용했다.) 그리고 내가 때를 지워 드러낸 부
분은 어느 인물의 머리와 얼굴로, 그곳은 화가의 실력
을 입증하는 부분이다.

　이탈리아 장인들이라면 그 머리에서 몇 가지 사실
을 더 알아냈을 것이다. 이 머리는 벽화에서는 흔히 볼
수 없는 그리스도로, 어처구니없을 만큼 천상의 존재
로 그려져 있었다. 냉담할 정도로 강경한 그리스도였
다. 정의, 그래 정의가 실현될 것이다. 하지만 자비는

없다. 그 강경함은 신체 부위마다 뚜렷하게 표현되어 있었다. 첫 주가 끝날 즈음 작업 진도가 그리스도가 위를 향해 들고 있는 오른손까지 나갔는데, 그 오른손은 멀쩡하지 않았다. 여전히 구멍이 뚫려 있었다.

이것은 타협하지 않는 옥스갓비의 그리스도였다…. 아니, 그 정도가 아니라 위협적이었다. "이것이 내 손이다. 이것이 너희가 내게 한 짓이다. 그러니 그 대가로 많은 이들이 고통받을 것이다. 나도 고통을 겪었으므로."

문도 이 부분을 보았다. "음." 그가 웅얼거렸다. "이런 그리스도가 심판관이라면 피고석에 앉고 싶지 않은 걸.

'그리하여 시뻘건 상처를 입은 채

산 자와 죽은 자에게 저주를 걸기 위해 그가 올 것이다….'"

그리하여 일요일 아침마다 나는 잠자리에서 신도들

이 아래에서 두런두런 이야기를 나누는 소리를 배경으로, 그들의 위에 있어서 보이지도 않는 어둠 속 그리스도를 올려다보며 그 그리스도가 J. G. 키치 목사와 대령이 반색하며 기다리는 명예로운 손님인지 궁금해했다.

"하! 여러분은 어떻습니까. 굶주린 자의 배를 채워주셨습니까? 목마른 자의 목을 축여주셨습니까? 헐벗고 곤궁한 사람에게 옷을 주셨습니까? 집이 없는 사람에게 지붕을 주고, 병자를 위로하고, 죄수들을 방문했습니까?

불쌍한 버킨에게는 어떻게 대하셨습니까? 여러분 가운데 누가 그에게 잠잘 곳과 살 곳을 주었습니까?"

그래, 이 우쭐거리는 빌어먹을 요크셔 놈들아, 톰 버킨은 어떤 줄 아느냐. 신경이 너덜너덜하고, 마누라는 도망갔고, 땡전 한 푼 없는 톰 버킨 말이야. 그래, 그럼 나는 어떨까?

저 비난을 퍼붓는 눈초리를 보라! "그래 너도, 버킨! 내가 너를 잊었다고 생각하지 마라. 그 집중포화 속에서 너는 내 이름을 불경하게 불러댔지! 여기 다 적혀 있도다."

하지만 정말 내 가슴을 뛰게 하는 일은 그 정도가 아니었다. 나는 이곳에서 이름 모를 화가와 마주 보고 있다. 암흑의 시대로부터 내 앞에 나타난 그는 자신이 무엇을 할 수 있는지 내게 보여주고 한 마디 한 마디 또렷하게 이렇게 말했다. "시간의 부패로부터 내 일부가 살아남는다면, 이 벽화가 되리라. 이 벽화는 나 자신과 다름없기 때문이다."

캐시 엘러벡은 내가 그 위에서 무엇을 하는지 제일 먼저 보러 온 마을 주민이었다. 캐시는 역장의 집에서 내 코트와 나를 빤히 바라보던 바로 그 여자아이였다. 열네 살로 마을 학교에서 마지막 학기를 보내는 중이었다. 캐시는 나이에 비해 체격이 크고 푸른 눈에 뺨에는 주근깨가 가득했으며 알 건 다 안다는 듯한 표정을 짓고 있었다. 그 시절 나는 아이들을 싫어하지 않았다. 그 정도가 아니라 아이들과 꽤 잘 지내기까지 했다. 게다가 나는 놀리듯 말할 줄 아는 사람, 그러니까 놀리는 말을 잘 알고 그런 말을 하며 즐길 줄도 아는 사람과 어울릴 때 무척 즐거웠다. 아이들이 아이스크림을 좋아하듯, 말을 위한 말을 즐겼다는 뜻이다.

음, 캐시 엘러벡은 보기 드문 부류에 속했다. 더군다나 그 아이는 관심사가 비슷한 사람이 영원히 곁에 있어 줄 리 없으며 그 사람이 사라지기 전 찰나의 순간을 낚아채야 한다는 사실을 알 정도로 영리했다. 그 아이가 문을 활짝 열어젖힌 순간부터 우리는 서로를 완벽하게 이해했다. "안녕하세요!" 아이가 소리쳤다. "버킨 아저씨, 저도 올라가도 돼요?"

나는 발판의 가장자리로 가 아래를 보며 작업 중에는 아무도 위층에 올라와서는 안 된다는 규칙을 내가 만들었다고 말했다. 절대적으로 철저하게 지켜야 할 규칙이며 아무도 봐줄 수 없는 규칙이기도 했다. 단, 문은 예외였다. 우리는 상호협정을 맺었다. 그에 따라,

나는 그의 구덩이로 내려갈 수 있고 그는 내 사다리로 올라올 수 있었다. 그나저나 캐시는 문을 알고 있을까? 그런데 어떻게 내 이름을 아는 거지?

그랬다. 아이는 문을 알았다. 옥스갓비의 주민 가운데 그를 모르는 사람은 없었다. 내가 아직 누구와도 통성명하지 않았는데도 내가 T. 버킨이라는 사실을 모르는 주민이 없는 이유였다. 소문의 근원은 문이었다. 그리고 내 짐작이 옳았다. 그는 자신의 텐트는 물론이고 구덩이에 아무도 들이지 않을 것이다. "그런데 T는 무엇의 머리글자예요?"

"그래." 내가 말했다. "그런 거야. 그게 바로 노조야. 그래서 설령 조지 왕이 오더라도 문 아저씨를 보려면 고개를 숙이고 나를 보려면 고개를 들어야 해. 절대 예외는 없어. 우리 두 사람을 제외하면 말이야. 우리는 기술적인 문제를 논의해야 할 때가 있거든. 한 사람의 작업 속도가 다른 사람의 속도를 추월하지 않았는지 확인도 해 봐야 해. 하지만 목소리를 높여야 하고 등을 돌리고 서 있는 내게 말을 걸어야 해도 상관없는 사람이라면, 예술에 그 정도로 헌신적인 사람과는 기꺼이, 심지어 감사하는 마음으로 이야기를 나눌 의향이 있단다. T가 무엇의 머리글자인지는 신경 쓰지 마. 아가씨들은 나를 '미스터'라고 불러."

"아저씨가 기차에서 내리실 때 봤어요." 캐시가 말했다. "비 오는 날이요. 제 아빠가 역장인 엘러벡 씨에요. 아빠가 이렇게 말하셨어요. '저기 남부에서 온 청년인데, 교회에서 청소 작업을 할 사람이래…. 막 도착했네.' 저는 캐시 엘러벡이에요."

"네 아버지는 나인 줄 어떻게 아셨다니?" 내가 물었다. "내가 광고판을 들고 있었던 것도 아닌데."

"우리는 기차를 타고 온 사람들을 거의 다 알아요. 모르는 사람도 알고요. 그 사람들을 마중 온 사람들을 아니까요. 아저씨의 경우에는, 모숍 씨가 아저씨가 올 거라고 말해 줬어요. 그리고 아저씨는 화가처럼 보였고요."

"나는 화가가 아닌데, 어떻게 내가 화가처럼 보일 수 있니?"

"화가들은 자신이 남들 눈에 어떻게 보이는지 신경 쓰지 않는다는 걸 알거든요. 아저씨가 입고 있는 코트를 보면 다들 눈치챌걸요. 아빠가 저보고 가서 아저씨가 어떻게 지내는지 보고 오랬어요. 아저씨는 이런 촌구석에 평생 다시 오지 않을 기회래요. 그러니까 작업을 하는 화가를 구경하는 일 말이에요."

"이봐라, 얘야. 나는 화가가 아니라고 몇 번이나 말을 해야 알아듣겠니. 나는 화가의 작품을 깨끗하게 만드는 작업자야. 그리고 내 코트는 아무 의미도 없어. 내가 그 코트를 입는 건, 다른 사람들이 귀 주변에서 느끼는 한기를 나는 발목 주변에서 느끼기 때문이야."

나는 캐시의 부모님이 딸의 소재를 안다는 사실에 적잖이 안심이 되었다. 사실 이곳에는 나를 잘 아는 사람이 없었고 나도 원래 시골 생활이 이런 것인지 짐작만 할 뿐이었다. 그러니까 만사가 성적 함의를 지닐 수 있는데, 그 만사라는 건 타인의 아내가 아니라면 어린 소녀나 소년이나 더 지독한 경우에는 짐승일 수도 있다. 물론 나와 방문객들 사이에 놓인 사다리가 그들의 상상력에 걸림돌이 되겠지만 굳이 넘으려고 들면 못 넘을 것도 없을 것이다.

"온종일 그 위에서 혼자 이야기를 할 사람도 뭐도 없이 일만 하면 우울할 거라고 했어요. 아빠가요."

"아하." 나는 알쏭달쏭하게 말했다.

"예배실 벽에 그려진 그림이 있어요." 아이가 말했다. "설교단 뒤에요. 커다란 칼라 세 송이에요. 정말 예뻐요."

"왜?"

"왜냐니, 뭐가요?"

"왜 칼라야? 왜 그냥 백합이 아니고? 백합과 장미 아니면 그냥 장미만 그려도 되잖아? 아니면 장미와 데이지?"

"그 그림 밑에 옛날 글씨체로 '칼라를 생각하라'라고 적혀 있어요. 주석이죠."

"예배실에 그려진 벽화의 주석치고는 이상하구나. 너희 신도들은 그 주석에 동의하지 않을 것 같은데.

'칼라가 어떻게 자라는지 생각하라.

그들은 애를 쓰지도, 속도를 내지도 않는다.'

너는 근면을 열렬하게 지지하는 사람은 아닌 모양이지? 여기 공공장소에 와서 게으름을 피우라고 하는 걸 보니."

아이는 내 말을 잠시 생각하더니 자신이 대답할 수 없는 문제라고 생각한 것 같았다.

"그 그림의 판박이(바탕 종이에 그림도안을 인쇄하여 어떤 표면에 대고 문지르거나 열을 가한 뒤 바탕 종이를 떼어내면 인쇄된 형상만 남게 만든 것—옮긴이) 작업을 한 아저씨는 요크에서 왔어요." 아이가 대답했다. "그 아저씨가 가져온 판박이 도안집에서 마을 사람들이 하나를 골라야 했어요. 엄마는 장미가 있는 판박이를 마음에 들어 했죠. 〈실로암 샘물가에 핀〉. 찬송가에요. 그런데 마지막에 다우스웨이트 씨와 아빠가 그 그림으로 정했어요. 신도들이 다 볼 그림이어야 했기 때문에 칼라가 더 나았어요."

"오." 내가 말했다. "그런데 왜? 왜 장미는 아닌 거야?"

"음, 나도 모른다니까요." 아이는 쌀쌀맞게 대꾸하더니 대화 주제를 바꾸었다. "아저씨 혼자 그 위에서 있으니까 아빠가 좌석 아래에 축음기를 갖다 놓으면 어떻겠냐고 했어요. 아무 때고 내가 여기 올 때마다 음반을 틀어드릴 수 있어요. 성가와 독창곡으로요."

"좋지!" 내가 말했다. "이제 잡담은 그만하고 일을 시작해야 할 시간이야. 아무 거나 틀어줘 볼래?"

캐시가 용수철을 감자 달콤한 알토 음성이 흘러나왔다.

"영원히 빛나고 아름다운 천사들이여 데려가 주오, 나를 당신의 보살핌으로 데려가 주오⋯." (헨델의 오라토리오 〈테오도라〉에 나오는 아리아 ―옮긴이)

가수가 발작적인 흐느낌 같은 소리로 마무리하는 종결부로 가는 동안 가슴을 헐떡거리고 눈을 부릅뜨는 광경이 그려졌다.

"아!" 나는 레코드 바늘이 곡의 끝에 다다라 긁는 소리가 나자 어깨너머로 소리쳤다. "정말 감동적이구나! 아주 적절한 선곡이었어! 조만간 천사가 둘이나 셋이서 이곳을 찾아올 날이 기다려져."

"그렇죠." 아이가 대꾸했다. "정말 그래요. 한 번 더 들으실래요? 아니면 뒷면을 틀어드릴까요?"

그러더니 아이는 뒷면을 걸어 〈비둘기의 날개 위에〉(멘델스존의 곡—옮긴이)와 〈잃어버린 화음〉(아서 설리번의 곡—옮긴이), 〈성도〉(빅토리아 시대의 종교적 발라드—옮긴이)를 틀어주었다. 캐시는 솔직하고 영리한 소녀였다. 옥스갓비에서 아주 먼 곳을 떠돌더라도, 적절한 곳에서 적절한 친구들과 있다면 퍼셀(영국의 작곡가 헨리 퍼셀—옮긴이)과 어쩌면 탈리스(영국의 작곡가 토머스 탈리스—옮긴이)를 찾아내고 마지막으로 버드(영국의 작곡가 윌리엄 버드—옮긴이)에 다다를 부류 말이다. 눈크 디미티스(Nunc Dimittis, "주여, 말씀하신 대로…"의 라틴어 첫마디—옮긴이)!

아이가 등을 기대자 주근깨가 박힌 달처럼 둥근 얼

굴이 환하게 빛났다. 분명히 아이는 내게 교양을 키워주기로 마음을 먹었고 자신의 위치가 지닌 힘을 깨달은 것이 분명했다. 그도 그럴 것이 나는 사다리 위에 올라와 있어서 도망치기 쉽지 않으니 말이다.

그 후로 캐시는 내가 그곳에 머무르는 동안 거의 매일 찾아왔다. 가끔 남동생인 에드거도 데려왔는데, 동그란 눈에 누구든 사람을 잘 믿는 듯한 눈빛을 한 아이로 필요한 게 있을 때만 말했다. 대체로 팔꿈치로 쿡 찌르는 게 의사소통의 표시였다. 두 아이가 떠드는 이야기와 이런저런 질문에 대한 답을 바탕으로 두 아이의 엄마는 내가 어떻게 지내는지를 짐작하고는 가끔 자신들이 먹으려고 만든 음식을 조금 보내주었다. 주로 토끼고기 파이나 커런트 티케이크 두 개, 커드 타르트 두세 개 등이었다. 그렇게 몇 주 동안, 찬사를 보내는 런던 관객을 앞에 둔 채 노스라이딩의 환상적인 요리가 '아만티 브라부라(amanti bravura, 연인의 훌륭한 기교라는 뜻—옮긴이)'를 공연했다. 엘러벡 부인이 그녀의 어머니를 도와 만들었고, 그 어머니는 또 자신의 어머니를 도와 만들었던 먼 과거로부터 전수되어온 요리들이었다. 가끔 나는 이 음식을 문과 나눠 먹었다. 문은 그런 우리를 두고 처분 가능한 고고학을 먹어치우고 있다고 말했다.

아무튼 나는 이런 너그러운 마음 씀씀이에 고무되어 기온이 너무 낮아지거나 키치가 너무 적대적으로 나오지만 않으면 이곳에서 크리스마스까지 머물러도 되겠다는 기대를 품게 되었다.

키치 부인(목사의 아내)이 나를 찾아온 건 내가 그곳에서 지낸 지 아흐레나 열흘째였을 무렵이었다. 나는 식사 시간을 정해 놓지 않고 작업을 하다가 아무 때고 배가 고프면 아래로 내려갔다. 사방이 뜨거운 8월의 한가운데에서 거친 빵 두 덩이와 요크셔 산 흰 치즈 한 조각을 잘라서 밖으로 나가 먹었다. 토요일과 일요일마다 나는 페일 에일 한 병을 마셨다. 주중에는 물만 마셨다.

그녀가 나를 찾아온 날은 어찌나 더웠는지, 함께 온

회색 고양이는 내가 손이 닿을 정도로 다가가도 신경 쓰지 않을 정도였다. 하지만 이내 엘리야 플레처의 석관에서 미끄러지듯 내려와 무성한 풀밭으로 숨어들더니 그곳의 검은딸기나무 덤불로 들어가버렸다. 바로 이곳, 그러니까 엘리야가 누운 자리 바로 위가 내가 평소에 먹고 마시는 장소였다. 그곳에서 나는 문의 야영지를 바라보며 온몸으로 여름을 빨아들였다. 여름의 냄새와 소리를 말이다. 어느새 나는 어쩌다 지나가는 구경꾼이 아니라 그곳 풍경의 일부가 된 것 같았다. 들판에서 일하는 일꾼들이 고개를 들어 멀리 있는 나를 보면서 내가 어느새 이 풍경의 일부가 되었다며 '저 화가 친구, 밥벌이 잘하고 있구만'이라고 수군거리리라 즐겨 생각했다.

그날도 나는 앉은 채로 꼼지락꼼지락 뒤로 물러나 석관에 벌러덩 드러누워 카키색 손수건으로 눈을 덮었다. 그리고 분명히 끙끙 소리를 내다가 그대로 곯아떨어졌을 것이다. 눈을 떠보니 그녀가 회색 석회석 담벼락에 기댄 채 나를 바라보고 있었다. 그녀는 탁한 분홍색 원피스 차림이었다.

"여기 계신지 오래되셨나요?" 내가 물었다.

"아마 10분 정도 되었을 거예요···. 정확하지는 않지만요." 그녀가 수줍은 듯 대답했다. 테가 넓은 밀짚모자가 얼굴에 그림자를 드리워 나이대가 짐작되지 않았다. 그녀는 잠시 아무 말 없이 교회 건물을 이리저리 둘러보았다. 그리고 멋쟁이 나비 한 마리가 팔랑팔랑 날아다니다 태양에 의해 이끼가 자란 비석에 못 박힌 듯 납작하게 달라붙을 때까지 지긋이 지켜보았다. 나는 석관에서 미끄러져 내려왔지만, 여전히 잠이 덜 깬 상태로 등을 기댔다.

"종루가 지내기 편하신가요?" 그녀가 물었다. "필요한 건 없고요? 잠은 잘 주무세요? 여행용 깔개를 빌려드릴 수 있어요. 우리는 일 년 중 이맘때는 그 깔개를 쓰지 않거든요. 남편에게 들었는데 여기까지 걸어오셨다면서요. 기차역에서 말이에요. 짐을 많이 들고 다니실 수 없겠죠. 그래서 혹시 맨바닥에서 주무시는 게 아닌가 했어요. 짐작하셨겠지만, 나는 기치 부인이에요.

목사의 아내요. 앨리스 키치."

나는 침낭이 있고 필요하면 코트를 덮어도 되며 무릎 방석을 베개 삼아 쓰고 있다고 말해 주었다.

나비가 다시 팔랑거리며 날아올랐다. 그녀가 쓰고 있는 밀짚모자에 꽂힌 장미에 내려앉으려나 싶더니 나비는 이내 방향을 바꿔 들판으로 사라졌다. 윙윙거리며 이 꽃에서 저 꽃으로 꿀을 찾아다니는 벌 소리에 정적이 더 깊어지는 듯했다.

"우리를 손님 대접도 못 하는 사람으로 여기실까 봐 신경이 쓰이네요." 그녀가 말했다. "우리는 다 침대에서 편히 자는데 당신은 저 위의 마룻바닥에서 주무시니까요."

나는 그런 잠자리가 내게 아주 잘 맞는다고, 그렇게 하기로 합의를 봤다고 말했다. 매일 하루를 마무리할 즈음이면 너무 피곤해서 깃털 침대도 필요 없이 바로 곯아떨어졌다.

문의 머리가 풀숲 위로 퉁 튀어 오르는 모습이 보였다. 그는 햇빛 속으로 몸을 끌어올리더니 양팔을 위로 옆으로 흔들며 정교한 춤을 추기 시작했다. 그가 그런 동작을 하는 모습을 전에도 본 적이 있었다. 특이한 것을 찾았다는 신호가 아니라 그저 다리에 난 쥐를 푸는 거였다.

"어쨌든 그 깔개를 가져올게요." 그녀는 이런 말을 한 후 그 담벼락에서 떨어졌다. 그녀가 고작 몇 발자국 앞으로 다가왔는데, 키치보다 훨씬 젊어 보이는 외모가 한눈에 들어왔다. 열아홉이나 스무 살 정도로밖에 보이지 않았다. 게다가 매우 사랑스러웠다. 그냥 예쁘장하게 생겼다는 말이 아니다. 매혹적이었다. 목에서 가슴팍까지 맨살이 드러나 있었다. 그 모습을 보자마자 보티첼리의 그림이 떠올랐다. 〈비너스의 탄생〉이 아니라 〈봄〉 말이다. 그녀의 갸름한 얼굴선 때문이기도 하고 자연스럽게 서 있는 자태 때문이기도 했다. 나는 미美를 보면 언제라도 알아볼 정도로 숱한 그림을 감상했는데, 생각지도 못한 곳에서 내 앞에 나타난 미와 마주친 것이었다.

"언제쯤이면 우리가 그림을 볼 수 있을까요?" 그녀

가 물었다.

나는 내 작업이 직소 퍼즐과 같다고 말했다. 얼굴 하나와 손 하나, 신발 하나가 여기 조금 저기 조금씩 흩어져 있었다. 그것들을 찾아내다 보면 어느새 조각들이 자리를 찾는다. "적어도 그런 식으로 일이 진행되어야 해요. 지난 500년 동안 어떤 것들이 사라졌을지 구구절절 들으실 필요는 없겠죠. 저보다 먼저 이 작업을 한 사람이 없었을 것으로 생각하지는 않지만, 군데군데 텅 빈 석회벽만 찾아낼 거라고 믿지도 않아요."

"어머." 그녀가 말했다. "하지만 그 점이 재미있는 부분 아닌가요? 저 모퉁이를 돌아가면 뭐가 나올지 모르는 거 말이에요. 마치 크리스마스 선물을 뜯어보는 것 같을 거예요. 음, 나는 깔개를 잊지 않을 테니, 당신은 직소 퍼즐이 어떻게 맞아들어가는지 알려주세요, 아셨죠? 내가 여기서 잠시 어슬렁거려도 괜찮으시죠… 버킨 씨?" 그러더니 그녀가 웃음을 터트렸다. 마치… 마치 종소리처럼 사람을 매료시키는 유쾌한 소리였다.

그 말을 끝으로 앨리스 키치는 문으로 향했고 나는

몸을 돌려 내 발판으로 돌아갔다. 키치와 그의 아내가 궁금해졌다. 어쩌다 가장 특이한 사람들이 만나서 함께 세월을 보내고, 마주 보고 앉아 몇백 끼니를 함께 먹고, 상대가 옷을 입고 벗는 모습을 지켜보고, 어둠 속에서 속삭이고 성적 흥분으로 절정에 다다라 큰소리로 교성을 지르는지 궁금했다.

"사랑스러운 앨리스가 자네를 만나러 왔었지?" 그날 저녁 문이 물었다. "교회 마당에서 그녀를 봤어. 두 사람 할 이야기가 많을 것 같던데. 눈이 번쩍 뜨이지 않던가? 무슨 꿍꿍이인지 알 수 없는 옥스갓비 같은 촌구석에 가장 순수하고 고요한 빛으로 만든 보석이 숨겨져 있을 줄 상상이나 했겠어! 자, 어서 인정해."

"확실히 미인이지." 내가 대답했다. "정말이지 독특해. 본인은 모르겠지만."

"헛소리!" 그가 소리쳤다. "그런 걸 모르는 여자는 없어. 하지만 그녀를 낚아챈 남자는 키치지. 터무니없는 일이야. 그 목사가 앨리스에게 신성한 선에 서명하게 한 순간부터 다른 남자는 더는 그 선을 넘어갈 수

없도록 정한 사회만큼이나 터무니없는 일이라고. 빌어
먹을."

"아마 그녀가 원하는 모든 걸 그 남자가 갖췄나 보
지." 내가 말했다.

"그런 소리 그만해!" 문이 말했다. "자네도 그 목사
를 봤잖아. 심지어 그 사람 말소리도 들었잖아. 셰퍼드
에 가서 놓쳐버린 미인을 기리며 맥주나 한잔 하자고."

어쩌면 그의 말대로일지 몰랐다. 키치가 보이는 것
만큼 형편없는 인간이라면 그와 함께 사는 게 어떨지
생각하기도 싫었다. 하지만 자비롭게도 이곳은 바그다
드가 아니었다. 그러므로 키치가 아내에게 얘시맥(일부
이슬람교도 여성이 얼굴에 쓰는 긴 베일—옮긴이)을 씌울 수 없
고 뭇 남정네들은 크고 아름다운 눈을 가진 그의 아내
에게 여전히 흠모의 눈길을 던질 수 있었다. 그와 함께
미소를 지으며 어슬렁어슬렁 길로 나가 어스름 속에
쌓여 있는 건초 단을 보고 냄새를 킁킁 맡으면서 나는,
앨리스 키치를 보는 것만으로도 감탄이 절로 나왔으
므로 그녀가 꼭 자신의 말을 지켜서 내가 어떻게 지내

는지 종종 보러 와주기를 바랐다.

내 말은 진심이다. 옥스갓비로 뚜벅뚜벅 걸어들어온 우피치의 자부심이여, 신이여 우리를 도우소서!

작업은 순조롭게 진행되어갔다. 내가 맡은 그림은 워낙 보존이 잘 되어 있어서, 그림을 그린 후 40년 혹은 50년도 지나기 전에 이미 석회에 뒤덮였을 거라고 점점 더 확신하게 되었다. 어째서 석회칠을 했을까? 당시 사제가 벽화에서 도해의 결함이라도 찾아냈을까? 지역 유지들이 근거도 없이 다른 그림과 유사한 점을 들며 화를 냈을까? 학식 있는 교구위원이 그 그림이 진취적인 교구의 것에 비해 고리타분하다고 생각했을까? 아무거나 골라보시기를. 매주 이 나라 어딘가에서는 누구는 교회에 들어가려고 하고 또 누구는 시골 교회에서 나가려고 하는 현상에 관해 최고 수준의 언쟁이 기세 좋게 벌어지고 있다는 사실에 당신은 목숨을 걸어도 된다.

석회에 뒤덮인 후, 몇 세기 동안 50년 남짓한 시간

마다 벽화 위에는 한 겹 더 더께가 쌓였다. 길고 가느다란 테이퍼 양초와 굵은 초의 연기며 등유 램프의 그을음 탓이었다. 그리고 최근에는 오래되고 훌륭한 뱅크댐-크라우더도 한몫해서, 스토브를 푹푹 때어대는 아침마다 중세의 십 년 치 그을음이 뿜어져 나왔다. 이런 사정을 이해한 후로 나는 그림에 내려앉은 오랜 세월을 말끔히 지우는, 한결같은 패턴으로 작업을 진행했다. 음, 내가 이 작업을 너무 쉽게 이야기하는 것 같다. 절대 그렇지 않았다. 하지만 날이 갈수록 나는 더 잘하게 되었다.

어느새 이 작업은 결국에 가서는 인내심 싸움이 되었다. 제일 먼저 색깔이 있을 법한 부분을 격자로 구획한다. 백묵으로 한 변이 1피트가 되게 나누고 다음으로는 말하자면 한 변이 1인치가 되게 나눈 후, 손이나 얼굴을 따라 이 사각형에서 다음 사각형으로 옮겨갔다. 이런 식으로 작업을 하는 이유는, 조 워터슨은 너무 신중해서 말로 제대로 설명하지 않았지만, 500년이나 된 벽화를 원래의 상태로 되돌리는 작업이 결코 간단하지 않기 때문이다. 기껏해야 나는 근사치라거나 일관성 즉, 그런 상태가 올바른 것처럼 '보이는' 수준을 목표로 삼았다.

그래서 (잠시 이야기를 한참 건너뛰자면) 비계 위에 올라가 옆으로 뒤로 슬금슬금 움직이고, 무릎을 꿇고, 웅크리고, 사다리를 쓰기 귀찮을 때면 까치발을 들기도 하면서 매일 작업을 이어나갔다. 이 작업은 마치 지저분한 벽에 난 창문의 유리가 하루나 이틀마다 1평방피트 남짓 점점 더 넓게 선명한 모습을 드러내는 것과 같았다. 제대로 된 방식대로 작업하고 있으므로 일이 까다롭더라도 순조롭게 진행될 때, 모종의 흐름에 올라타 일을 진행하면서 모든 것이 자연스럽게 풀릴 테고 결국 다 잘될 거라는 확고한 자신감이 느껴지는 순간을 당신도 알 것이다. 그때 내가 바로 그랬다. 나는 내가 무엇을 하는지 잘 알았다. 전문가가 바로 그런 사람이니까.

오래전에 죽은 사람이 그린 묵시론적인 그림을 환한 대낮으로 다시 불러낸다는 생각이 나를 사로잡았다. 아치의 두 부분으로 나뉘어 있는 사람들의 거대한 피라미드! 얼마 지나지 않아 벽을 좀 더 위로, 아래로, 가로지르며 이동하면서 전체적으로 어떤 그림인지 상당히 파악한 바에 따르면 그랬다. 재판관과 그의 집달관이 있었다. 그리고 그들 아래로는 누가복음 16장의 세 지주가 있는데, 처음에는 화려한 옷과 보석을 두르고 있다가 그 후에 용광로의 불길 속에 있으며, 마지막으로 수많은 이들이 당당하게 천국으로 곧장 걸어가거나 왼편의 불타는 가장자리로 비명을 지르며 내던져지는 중이었다.

나는 일을 하지 않는 때에도 어느새 넓은 벽을 장식한 색채를 곰곰이 생각하곤 했다. 나를 방해할 사람이라고는 문밖에 없던 첫 두세 주 동안 특히 더 그랬다. 그러나 으레 그러하듯이, 처음에는 토요일에 크리켓 경기의 심판을 보고 일요일은 예배로 보내면서 필연적으로 나는 옥스갓비의 변화무쌍한 풍경 그 자체에 끌리게 되었다. 하지만 희한하게도, '밖'에서 경험하는 일은 꿈결 같았다. '진짜'는 그림이 아직 모습을 다시 드러내기 전의 고요한 교회에 있었다. 그리고 나머지 시간은 둥둥 떠다녔다. 방금 말했듯이 꿈결처럼. 한동안은.

어느 날 캐시 엘러벡으로부터 점심 초대를 받았다. "엄마가 일요일에 우리 집에서 점심 드시래요." 아이가 사다리 위로 소리쳤다. "엄마가 그러는데, 우리가 설교자를 대접할 차례래요. 노샐러턴에서 오신 재거 씨요. 우리는 그분의 이야기가 잘 이해되지 않아요. 엄마가 아저씨라면 재거 씨와 금방 친해질 거라고 했어요. 내키지 않으시면 오래 계시지 않아도 괜찮아요. 재거 씨는 식사를 끝내자마자 차 마실 시간까지 응접실에서 낮잠을 주무시거든요. 괜찮으시면 우리와 함께 주일학교에 가서도 돼요. 에드거와 저랑 말이에요."

"나는 나이가 좀 많은 것 같은데." 내가 아이에게 소리쳤다. "주일학교 말이야! 꼭 못하겠다는 건 아니지만."

"음, 밖에서 기다리셔도 돼요. 길가에 벤치가 있어요. 다우스웨이트 씨를 도와주셔도 되고요. 아마 머리가 모자라는 아이들을 봐달라고 하실 거예요. 아저씨가 도와주신다면, 주일학교를 마치고 우리와 함께 차까지 드시고 재거 씨와 다 못한 이야기를 나누시면 돼요. 그러면 직접 차를 끓이지 않아도 되고 돈도 아낄 수 있어요. 아저씨는 혼자 있는 시간이 너무 많고 꿈속에서 사는 사람처럼 터덜터덜 걸어 다니니까 사람들과 어울려야 한다고 엄마가 말했어요. 비가 오지 않으면 그 외투는 입고 오지 마세요."

캐시는 매우 꼼꼼한 소녀였으며 용건을 야무지게 잘 정리해서 전했다. 그래서 일요일이 되자 나는 캐시가 실망하지 않도록 적잖이 신경을 써서 점잖게 차려입은 후 정해진 시간에 맞춰 갔다. 도착하자마자 우리는 풀을 빳빳하게 먹인 식탁보를 깐 식탁에 둘러앉았다. 그러자 엘러벡 씨가 인상적인 길이의 식전기도를 시작했다. 나는 평소 식사를 함께하는 사람들이 그가 주님의 관대함에 대해 그토록 논쟁에 가까울 정도로 세세하게 언급하고 자신이 주님에게 그런 관대함을 받는 사람으로 선택된 것에 대해 굽신거리다시피 감사하는 기도를 하도록 내버려 둔다는 사실이 믿어지지 않았다. 분명히 그는 그 일을 전문적으로 하는 재거 씨에게 자신의 역량을 과시하는 중이었다.

오래전 그 일요일 후, 나는 콧수염을 거대하게 기른 남자들은 어째서 열변을 토하는 기도자의 능력을 지니고 있는지 늘 궁금했다. 왜냐하면 역장은 자신의 조물주(역장은 조물주를 오래된 소중한 친구라고 불렀다)와 분명히 훌륭한 관계를 유지하는 듯했고 손질을 따로 하지 않아도 근사한 수염을 기르고 있었기 때문이다. 반면 재거 씨의 티타임 기도는 좀 더 비위를 맞추는 듯했고 더 간결했다. 내가 기억하기로 그는 콧수염을 바짝 깎았던 것 같다.

양파 그레이비 소스에 푹 담근 요크셔 푸딩이 우리 앞에 차려져 있었다. 엘러벡 씨가 풀을 빳빳하게 먹인 엄청나게 큰 냅킨을 빳빳한 옷깃에 끼우는 것으로 식사의 시작을 알렸다. 이것이 이 지역의 풍습인 것 같았기에 나도 똑같이 했다. 그날은 몹시 더워서 우리는 모두 땀을 뻘뻘 흘렸다.

엘러벡 가족의 식탁에서는 대화가 쉽게 이어지지 않았다. 당장 할 수 있는 일은 음식을 즐기는 것뿐이었고 유일한 반주는 에드거가 열심히 그릇을 긁어대는 소리와 이따금 뭔가를 빨아먹는 소리나 억지로 트림을 참는 소리뿐이었다. 메인요리의 서곡이자 내가 알아냈다시피 최후의 코스는 엘러벡 씨가 아주 훌륭한 등심을 자르기 전에 자신의 기다란 나이프와 쇠 숫돌로 벌이는 비르투오조의 현란한 리사이틀이었다. 그는 박력 있고 진짜 예술가라도 되듯 자신의 공연을 마쳤다. 그는 매료된 관객들에게 자신의 기예가 어떤 영향을 미쳤는지 아는 게 분명했다. 그도 그럴 것이 우리를 힐끔 보더니 점잖을 빼며 이렇게 웅얼거렸기 때문이다. "내 아버지가 푸주한이셨습니다, 버킨 씨."

하지만 재거 씨 또한 절대 형편없는 공연자가 아니었으니, 우리가 아주 큰 접시에 담긴 요리들을 열심히 먹는 것에 보조를 잘 맞추면서 토마스 하디의 작품들이 지닌 빼어남에 대해 일장연설을 하며 하디의 도덕적인 이야기 대부분은 몇 번이고 정독해야 한다고 주장했다. 그가 어찌나 자신만만하고 자화자찬을 해대는지, 졸지 않고 잘 듣고 있다는 사실을 보여주기 위해 고개를 몇 번 끄덕이는 것으로 충분할 정도였다. 덕분에 나는 실내를 둘러보며 혼잡해 보이는 실내장식을 잘 살펴볼 수 있었다.

기본적으로 실내는 우리가 둘러앉은 정사각형의 땅딸막한 식탁 크기와 얼추 맞먹었다. 덕분에 우리가 앉은 의자들은 엘러벡 가족이 매일 지나다니는 표준적인 흑연 난로와 보일러 겸용 오븐과 니스칠을 한 그릇장 주위의 통로를 다 막아버렸다. 벽에는 괘종시계와 식품점 달력이 걸려 있는데, 그 달력에는 이 방과 놀랍도록 닮은 방에서 자신의 보물에 둘러싸인 채 앉아 있는 나이 많은 숙녀가 그려져 있었고, 그리고 정교한 액자에 넣어 둔 유난히 큰 그림이 두 개 있었는데, 한 개에는 러크나우에서 온갖 고초를 겪고 있으며 (그림의 주인과 달리) 지원군이 코앞까지 와 있다는 사실을 모르는 포위 당한 수비대가 그려져 있었다. 다른 한 개에는 술로 인한 갖가지 재난이 표현되어 있었다. 두 그림 모두 세밀하게 그려져 있어서, 그림 속 세부사항에서 몇 년 동안 추측할 거리를 찾아낼 수 있을 것 같았다.

그 방에서 가장 아름다운 물건은 황동 사슬 네 개로 천장 한가운데에 고정되어 늘어져 있는 오일 램프였다. 내키지 않았지만, 그 등의 웅장함은 나의 뱅크댐-크라우더 스토브에 맞먹을 정도라고 인정하지 않을 수 없었다. 그 램프에는 노브가 두 개 있었으며 불꽃이 확 타오르면 불을 끌 수 있도록 고안되어 있었다. 등유 용기는 아름다운 분홍색 커트 글라스였고, 평범한 민유리 등을 덮고 있는 불투명한 유리구로 인해 엘러벡 가정에 따뜻한 빛이 퍼지고 있었다. "로즈 숙모님이 제게 남겨 주신 유산이죠, 버킨 씨." 에인젤 클레어가 테스 더비필드와 맺은 불명예스러운 계약을 맹렬히 비난하던 재거 씨가 뜻밖에 잠시 말을 멈추자, 역장이 그 틈에 얼른 말해주었다. "숙모님은 저 유리 등을 꼭 제게 물려주고 싶어하셨습니다. 요즘은 저런 물건을 살 수가 없답니다. 황동주물로 만든 제품이에요. 심지어 사슬도 황동주물이죠."

나는 일어나서 좀 더 꼼꼼하게 그것을 살펴보고 싶었다. 작동원리로 보자면 교회의 스토브에 비해 훨씬 더 단순한 장치지만, 미적으로는 스토브를 훨씬 능가했다. 내가 오일램프를 보자마자 관심을 보이는 데다 다른 손님의 이야기가 오래 이어질 것이라는 합리적인 판단을 내린 엘러벡 씨는, 최근에 노스-이스턴 철도의 임원들이 2년마다 진행하는 점검을 위해 옥스갓비에 왔을 때 특별상을 수상한 승강장의 안전등 실을 구경하러 오라며 나를 역으로 초대했다. "물론 주중에요." 그가 덧붙였다. "구경하러 오신다면 말입니다."

"지역 승객 관리자가 자기는 그 안전등 실 바닥에서 식사도 할 수 있겠다고 아빠에게 말했어요." 캐시가 말했다.

요크에서 온 대단한 분들이 풀을 빳빳하게 먹인 냅킨을 옷깃에 끼운 채 (어딘가에 일등석 식당칸에서 빌려 온 은식기를 차려놓고) 엘레벡 씨의 안전등과 등유램프들 사이에서 만찬을 벌이는 이미지가 천장에서 늘어져 있는 이 집안의 가보에 쏠렸던 관심을 앗아갔다. 한편 재거 씨는 우리가 축하 분위기를 만끽하며 백일몽에 빠져있는 틈을 이용해, 자신이 응접실에 유폐되기 전에 서둘러서 파멸이 예고된 테스를 교수대를 향해 몰아가며 우리의 동맹을 갈라놓으려 했다.

마침내 나는 고분고분하게 주말학교로 향했다. 그곳에는 내가 걱정한 대로, (마을의 대장장이이자) 주일학교의 책임자인 다우스웨이트 씨가 (그의 말을 따르면) "특별히 주의해야 하는" 덩치 큰 사내아이 셋을 따로 모아두고 있었다. 그가 자신의 자리로 가버린 후, 사도 바오로가 가까운 동방의 도시나 다른 곳으로 보낸 편지를 공부하는 시간이 그 아이들의 가슴 속에 아무런 불꽃도 지피지 못한다는 사실을 인정한 나는, 한 아이가 내게 밀짚을 말아서 단춧구멍에 꽂는 꽃을 만드는 법을 가르쳐주거나 말거나 내버려 두었고, 다른 아이가 그가 런던에 발을 들이면 일어날 것이라고 경고를 받은 위험이 정확히 어떤 것인지 진지하게 캐묻거나 말거나 내버려 두었다. 내가 그들을 만족시켰는지, 대장장이는 내가 그곳에 머무는 동안 일요일마다 내게 일을 맡겼다.

우리가 기차역을 향해 터덜터덜 걸어가는 동안 날은 더 뜨거워졌다. "우리, 에밀리 클라우를 보러 가요." 캐시가 말했다. "그 애는 결핵으로 죽어가고 있어요. 에드거가 엄마에게 주려고 딴 수레국화를 선물로 가져가면 돼요."

에드거는 자신이 아무리 애원하고 거부해도 소용이 없다는 사실을 체득했기에, 차라리 자신이 딴 수레국화를 몰수당하더라도 죽어가는 에밀리를 본다면 그만한 가치가 있다고 생각하며 잔뜩 기대하는 표정을 지었다. 과실수들이 생울타리 너머까지 가지를 무성하게 뻗은 과수원 아래를 어슬렁거리며 걷다 보니 어느새 벽돌집에 도착했다. 그 집은 먼지 나는 도로를 향해 있으며 나머지 면들은 과실수와 서너 개 되는 말 운송용 화차를 바라보고 있었다.

문이 활짝 열리자 그 앞으로 계단이 보였다. "에드거가 에밀리를 위해 딴 꽃다발을 주려고 왔어요, 클라우 부인." 캐시가 소리쳤다. 그러자 집안 깊숙한 곳에서 우리에게 올라가 보라는 소리가 들렸다. "예배를 보고 돌아가는 길에 누가 찾아올지 모른다고 생각했어. 돌아갈 때 잼 타르트를 가져가렴."

"네게 별star 카드를 가져왔어, 에밀리." 캐시가 말했다. "다우스웨이트 씨가 카드에 환자the Sick용 'S' 도장을 찍으셨어. S의 수는 별의 수야." 캐시가 손으로 카드의 윤곽을 훑었다. "별을 여섯 개만 더 받으면 상을 탈 수 있어." 캐시가 말했다. "아니면 환자의 S." 에드거가 격려하듯 덧붙였다.

"무슨 책을 받으면 좋을지 내내 생각 중이었어." 에밀리가 말했다. "나는 《비밀의 화원》이 재미있더라. 다우스웨이트 아저씨에게 요크에 상품을 사러 가실 때 그 작가가 쓴 작품이 또 있는지 찾아봐 달라고 전해줄래. 너는 뭘 받을 거야?"

"《산호섬》. 에드거는 《새로운 숲의 아이들》을 받을 거야."

"그 책은 에드거에게 조금 어렵지 않아?" 내가 물었다.

"나중에 더 크면 좋아하게 될 거예요." 캐시가 대답했다. "여자아이 둘이 나오는 아주 재미있는 이야기라고 들었어요. 이분은 버킨 씨야, 에밀리. 교회에 사는 아저씨."

"아저씨 이야기를 들었어요." 죽어가는 소녀가 말했다. "무슨 일을 하시는지 보고 싶어요. 제가 몸이 더 좋아질 때까지 아저씨가 계속 계시면 좋겠어요, 버킨 씨."

아이의 방 창문 밖에는 사과나무 한 그루가 자라고 있었는데, 굵은 가지들이 방안으로 밀고 들어올 기세였다. 나뭇잎 사이로 새어 들어오는 햇빛이 부드럽고 윤기 나게 반짝거렸다. 무더위에 새들은 아무도 노래를 부르지 않았다. 여름의 무게가 나를 짓눌렀다. 남매는 창백한 소녀를 바라보았다. 어른이었다면 그렇게 호기심을 드러내는 모습이 무례해 보였을 것이다. "오늘은 누가 나왔어?" 소녀가 물었다. "누가 나왔는지 말해 줘."

소녀는 이름들을 가만히 들었다. 지난 초봄에는 그 아이도 남매와 함께 도랑을 훌쩍 뛰어넘고 울타리를 통과하며 돌아다녔으리라. "찬송가는 뭘 불렀어?" 소녀가 물었다. "나는 〈너는 네 작은 자리에서 나는 내 자리에서〉를 좋아해." 소녀가 말했다. "내가 제일 좋아하는 곡이기는 한데, 여름에 어울리지는 않아. 아늑한 느낌의 곡이거든. 그래서 그 곡을 들으면 겨울과 캄캄한 밤이 떠오르고 뜨거운 물을 담은 탕파를 들고 잠자리에 들어야 할 것 같아, 캐시, 그 밀짚모자 예쁘다. 한 번 써봐도 돼?"

소녀의 창백한 얼굴에 선명한 홍조가 되돌아왔다. 아이는 거울로 몸을 돌리더니 눈을 반짝이며 말했다. "이 모자가 내게 잘 어울리는 것 같아." 아이가 말했다. "나는 모자를 좋아해. 모자를 쓰는 건 주일학교에 가는 재미의 하나야."

"다음에 누나가 오면 캐시 누나가 모자를 쓰게 해줄 거야." 에드거가 용감하게 말했다. 에드거 나름의 복수였다.

에밀리는 에드거에게 아무 말도 하지 않았다. 묘하게도 내 쪽으로 얼굴을 돌려 눈을 맞췄다. 잠시 후 우리는 계단을 내려와 우리를 위해 준비해 둔 잼 타르트를 받았다. 길로 나오자 에드거는 수레국화를 다시 꺾기 시작했고 캐시는 이렇게 말했다. "저 애는 자신이 죽어가는 중이라는 사실을 알아요, 그렇죠? 차를 드시러 다시 오실 거죠. 네? 엄마가 그러셔도 된다고 했어요."

이 무렵 나는 가진 돈이 거의 바닥난 형편이었는데, 키치는 첫 번째 작업료를 줄 기미를 전혀 보이지 않았다. 그가 작업료를 깜박했을 리 없었다. 그는 그런 일을 잊어버릴 사람이 아니니까. 그는 내가 그에게 '물어보게' 만들려고 했고, 나는 그것에 짜증이 났다. 그런데 식료품점에 가서 〈데일리 메일〉지를 사려다가 빈털터리가 되었다는 사실을 깨달은 순간, 먼저 이야기를 꺼내는 것 외에 다른 선택지는 사라지고 말았다.

그의 목사관은 작은 숲속에 있었다. 물론 일부러 숲속에 지은 것은 아니었다. 전임자들이 정원을 가꾸려고 가져와 심은 묘목들이 주위로 퍼져나가 숲이 된 데다, 한때 그곳에서 자랐을 풀밭이나 누군가가 가꾸었을 화단도 덤불에 모두 자리를 빼앗기고 말았다. 진입로는 이제 터널이나 다름없었다. 내 부츠가 저벅거리는 소리에 산비둘기들이 굵고 가는 나뭇가지들 틈새로 후드득 날아올랐다. 모퉁이를 돌자마자 산토끼 한 마리와 마주쳤다. 토끼는 흥미로운 눈빛으로 나를 빤히 바라보았다. 어치 한 마리가 하늘을 가로질렀다. 어치라니! 그런 새는 책에서만 봤는데, 이곳이 현대판 에덴동산인가!

목사관은 숲속의 공터에 서 있었는데, 과거에 집 둘레에 만들어 둔 마차용 진입로는 오랜 세월 버텨온 거대한 삼나무에 가로막혀 있었다. 여러 갈래로 찢긴 그 나무의 뿌리들은 절벽에서 볼 수 있는 것처럼 지면에서 들어 올려져 있고 마을만 한 정원을 지탱했으며, 틈새마다 이미 야생식물에 점령되어 있었다. 한때 흰색이었을 집 벽의 벽돌은 칙칙한 녹색으로 변해서 습기에 차 보였고 창문은 거의 다 덧문까지 닫혀 있었다. 딱 떨어지는 사각형인 목사관의 딱딱한 분위기는 똑같은 기둥 두 개가 떠받치고 있는 현관 지붕으로 중화

되었다. 현관으로 가자 빨간색 플레시 천으로 만든 액자에 든 흐릿한 복제화가 놓인 작은 이젤이 있었다. 산과 호수가 묘사된 이 그림은 불이 없는 벽난로 쇠살대에 올려놓는 빅토리아 시대의 잡동사니 같았다. 문을 두드리고 종의 줄을 잡아당기면서 이 특별한 장식의 의미를 생각해 봤지만, 짐작도 되지 않았다.

예의 바르게 종을 몇 번 울렸으나 아무도 대답하지 않았다. 나도 무일푼 신세만 아니었다면 그냥 돌아갔을 것이다. 그 생각을 하자 짜증이 치밀어 올라 종을 거칠게 잡아당겼다. 족히 6인치는 되는 철사가 구멍에서 긁히는 소리를 내더니 쑥 나왔다가 새총의 고무처럼 다시 끌려 들어갔다. 집안 깊숙한 곳에서 종이 땡그랑거리는 소리가 들렸다. 멀리서 들리는 웃음소리 같았다. 솔직히 말하자면 순간 누가 나를 비웃는 줄 알았다. 키치 부인일 지도 몰랐다.

희미하게 미안함을 느끼며 주위를 둘러보았다. 그곳의 분위기는 정말로 억압적이었다. 한편으로는 소설광이라면 누구라도 야간에 이 집을 슬쩍 염탐할 것처럼 감탄이 나왔다. 전임자의 타락한 형제가 훔쳐간 작은 노란 신들로부터 녹색 눈을 되찾으려는 폭력배 일당이 그 숲에서 아무도 모르게 야영을 했을지 몰랐다. 목사관을 보자면, 그곳은 10인 가족이 그들의 마부와 요리사들, 하녀들까지 함께 지낼 수 있는 규모였다. 반면 키치는 정원사도 고용하지 못할 형편임이 분명했다.

그때 하얀색으로 칠해진 문이 열리며 앨리스 키치가 밖을 내다보았다. 그녀의 두 눈은 내가 기억하는 것보다 더 크고 눈동자는 더 짙었다. 교회 마당에서 만났을 때 그녀는 자제력이 너무 강하다 싶을 정도로 차분해 보였지만 자신의 집에서는 잔뜩 긴장한 티가 역력했다. 그녀는 내가 그녀의 남편을 만날 수 있는지 물어볼 새도 없이 현관으로 얼른 나와 이런 곳에서 사는 게 어떤 일인지 두서없이 늘어놓기 시작했다. 흡사 나를 성직자의 살림살이를 감독하러 교구에서 나온 조사원으로 착각하기라도 한 듯 말이다. 문득 그녀는 사전에 연락하고 찾아가면 대담한 척하지만 방심하고 있을 때 마주치면 어쩔 줄 몰라 하는 소심한 사람일지도 모른다는 생각이 퍼뜩 들었다.

난감했다. 나는 거의 이방인이나 다름없는데, 그녀가 겪은 가장 무시무시한 악몽까지 듣는 신세가 되어버린 것이다. 꿈에서 나무들이 그녀를 향해 다가오는데, 처음에는 사악하게 몸을 흔들어대더니 어느새 뿌리를 땅속에서 꺼내서 앞으로 오며 점점 거리를 좁혀왔고, 나무들은 계속 다가오다가 마지막 순간에 집의 벽에 가로막혔는데, 이번에는 공기가 그녀를 밀어붙여서 마치 그 집이 압축실이 된 것만 같았다는 이야기. 어쩐지 그녀의 이런 강박이 내게도 전염이 되었다. 네, 그렇죠. 무슨 말씀을 하시는지 정확히 알겠어요. 폭탄이 폭발하면 꼭 그런 느낌이거든요. 참호 속의 공기가 일순 빨려 나갔다가 다음 순간 다시 훅 들어오는 거예요. 어마어마한 충격이죠. 나는 이렇게 말했다. 하지만 그녀가 내 말을 안 듣는 게 확실했다.

이윽고 그녀가 냉정함을 되찾았다. 나는 그녀의 남편과 잠시 이야기를 나누고 싶다고 간신히 말했고, 우리는 석판을 깐 기다란 복도를 걷기 시작했다. 복도를 따라가며 거대한 방문을 몇 개나 지났다. 그녀는 그 가운데 하나를 열었다. 그 방은 안쪽에 덧문이 달린 커다란 창이 두 개 있었다. 그곳은 유난히 자그마한 벽난로를 제외하면 텅 비어 있었다. 이곳은 분명히 그들이 이 집을 처음 봤을 때의 모습 그대로이며 이삿짐 차가 다시 올 때까지 이 모습일 것 같았다. 우리가 걸어가며 문을 지날 때마다 그녀는 문을 슬쩍 건드리며 웅얼거리듯 말했다. "이 방도… 거의 똑같아요."

부부의 거실은 복도의 끄트머리에 있었다. 그 방은 매우 길쭉하고 천장이 높았는데, 바닥에서 거의 천장에 닿을 정도로 큼지막하고 커튼을 달지 않은 창문 네 개가 나 있었다. 대체로 사람이 생활하는 공간에 들어섰을 때 제일 먼저 방문객의 시선을 사로잡는 풍경은 가구와 그림, 거울, 주인에게 의미가 있는 잡동사니들이다. 그런데 그 방은 휑했다. 바닥은 맨바닥이 드러나 있었다. 그렇다고 전부 맨바닥은 아니었다. 훌쩍 건너뛰어야 밟을 수 있을 만한 간격으로 자그마한 깔개들이 몇 장 깔려 있기는 했다. 벽은 삼 면이 텅 비어 있었고 나머지 한 면에 내부 지지대 같은 거대한 가구 한 점이 달랑 놓여 있었다. 평범한 방에서라면 그로테스크해 보였겠지만, 그 방에서는 크기가 딱 맞아 보였다. 무슨 가구인지 짐작도 되지 않았다. 바로크풍 제단의 부분일까. 아니면 동양의 왕좌? 어쩌면 장식장 제작자의 도제가 시험 삼아 연습용으로 만든 거대한 가구일지도 몰랐다. 아니면 아무것도 아닌, 그저 장식용 가구일 지도 몰랐다. 그 가구를 좀 더 자세히 살펴보고 싶었다. 거의 모든 것은 '나름'의 용도가 있는 법이니 말이다.

"시아버님이 경매에서 저걸 사셨어요. 아무도 사려고 들지 않았어요. 아버님은 운반비만 주고 구입하셨어요. 저 정도면 방을 채우는 데 도움이 될 것으로 생각하셨죠." 키치 부인이 말했다. "우리는 저게 무슨 가구인지 잘 모르겠어요. 분명히 저것이 전체가 아닐 거예요."

그 방은 거대한 가구들을 위해 만들어진 곳이었다. 그 방에서 가장 관심이 가지 않는 대상이 키치였다. 그는 부서질 듯한 악보대 옆에 놓인 딱딱한 의자에 앉아 있었는데, 작은 탁자 위에 놓여 있는 바이올린을 연주하고 있었을 것이다. 정말 이상하게도, 그는 아내가 그들이 가정에서 겪는 고충에 대해 신경질적으로 이야기를 늘어놓아도 그만두게 할 생각이 없는 것 같았다. 오히려 자신도 이 이야기를 처음 듣는다는 듯이 귀를 기울였다. 그 모습을 보니 문득 이 부부는 가정에 문제가 생기면 속에 꾹꾹 담아놓다가 낯선 이가 나타나면 그에게 다 쏟아붓는 것이 아닌가 하는 생각이 들었다. 솔직히 말하면 나는 이 상황에 매료되었다. 너무 큰 집도 너무 작은 집과 똑같이 지독한 단점이 있다는 생각은 한 번도 못 해봤기 때문이다. 게다가 종루처럼 언제 떠나야 할지 모르는 곳에서 불안하게 사는 것만 아니라면 집을 가져본 적 없는 내가 차라리 낫다는 생각에 암담한 기분도 사라졌다.

그런데 다음 순간 너무나 특이한 사건이 벌어졌다. 그녀가 말을 뚝 멈추었고 부부가 공포에 찬 표정으로 내 뒤쪽을 보는 것이 아닌가. 솔직히 나는 뒷덜미의 털이 모조리 곤두선 기분으로 마음을 다잡고 간신히 뒤를 돌아보았다가 눈에 들어온 광경에 기겁했다. 그곳에는 고양이가 있었다. 그냥 고양이가 아니라 평생 본 고양이들 가운데 가장 거대하고 분명 가장 사나워 보이는 고양였다. 그 녀석은 피에 물든 주둥이로 퍼덕거리는 노래지빠귀를 꽉 문 채 창문으로 우리를 한 명씩 노려보았는데, 그 눈에서 악의가 흘러넘쳤다. 마침내 녀석은 키 큰 풀과 들장미 덤불 사이로 사라졌다.

이것이 신호라도 된 듯 키치가 집의 나머지 부분을 구경시켜주겠다고 했다.

계단에도 양탄자는 깔려 있지 않았고 심지어 기다란 2층 층계참도 맨바닥이었다. "텅 비었죠." 목사가 문을 몇 번 두드리며 이렇게 말했다. 욕실은 거대한 침실을 개조해 쓰고 있었다. 한구석에는 페인트를 칠한 자그마한 철제 욕조가 있었는데, 양쪽 수도꼭지 아래로 물이 흘러내린 부분은 녹이 슬어 있었다. 물론 세면대와 수건걸이도 있었다. 그러나 이런 설비들은 괴물 같은 물탱크에 완전히 압도되어 있있다. 물탱크가 어찌나 육중한지 벽에 고정해 놓은 주철 버팀대뿐만 아니라 페인트를 칠한 쇠막대 두 개도 이 탱크를 떠받치고 있었다. "모습이 월요일 저녁마다 옵니다." 키치가 설명했다. "집 뒤에 있는 우물에서 물을 길어오죠. 탱크를 가득 채우면 목요일까지 쓸 수 있어요." "우리가 아주 아껴 쓰면요." 그의 아내가 끼어들었다. 나머지 날에는 어떻게 버티는지 아무도 알려주지 않았다.

우리는 또 다른 커다란 방으로 들어갔다. 그곳도 텅비어 있었지만, 제단이 하나 있었다. 남은 침대보를 씌워 놓은 여행 가방이 분명했다. 그 앞으로 무릎 방석두 개가 놓여 있었다. 옆방에는 가구가 조금 더 있었다. 아주 자그마한 책상과 자그마한 싸구려 책장이 하나씩 갖춰져 있었다. 카드 테이블에는 다려야 할 세탁물이 놓여 있고 텅 빈 쇠살대 앞에는 빨래걸이가 세워져 있었다. "저기 봐요!" 키치 부인이 창문을 가리키며 소리쳤다. 거대한 손처럼 생긴 무화과 잎이 창문에 짓눌려 있었다. "앨리스는 자신만의 환상을 품고 있죠." 그녀의 남편이 웅얼거렸다.

나는 다리미와 세탁물에 깊은 인상을 받았다. 황무지 같은 그 집에서 그들은 서로를 동반자로 삼아 안락한 삶을 위해 함께 애를 썼다. 부부는 이 끔찍한 집에 홀로 남겨지고 싶어 하지 않는 것 같았다. 하지만 밖으로 나오자 그들은 완전히 다른 사람이 되었다.

키치가 천장을 가리켰다. "다락방이 있어요!" 그는 야유하듯 이렇게 덧붙였다. "지하저장고도 완벽하게 갖춰져 있죠."

아래층으로 돌아가자 부부는 내게 커피를 권했다. 하지만 나는 가야 한다고 말했다. 솔직히 어서 밖으로 나가고 싶었다. 그 집은 그림자처럼 사람 주위로 모여드는 것 같았다. 그 부부를 그런 곳에서 살게 해서는 안 되었다. 하지만 두 사람은 망토처럼 그 집을 떨쳐버릴 수 있을 것 같았다. 앨리스 키치, 집안에서는 불안해 떨고 강박적이지만, 집 밖으로 나오면 매력적이고 자신을 잘 제어하는 사람. 그녀의 남편을 생각하면, 나는 그를 다시 만날 때까지 꽤 안됐다는 생각이 들 것 같았다.

그녀는 나와 함께 공터로 나오더니 자갈밭 위로 흐드러지게 피어 있는 장미 덤불 옆에서 멈췄다. "사라 반 플리트." 그녀가 말했다. 그것은 한 떨기 분홍 장미였다. "오래된 품종이죠. 조심하세요. 가시가 날카로워요. 이 품종은 계속 만발해 있어요. 보시게 되겠지만, 가을까지 계속 꽃이 핀답니다." 그녀가 미소를 지었다. "우리를 다시는 방문하지 않는다고 해도 이것만은 알고 계세요. 나는 평소에 이 장미를 모자에 꽂아요…. 자, 받으세요."

그날 늦게, 펍에 가자는 문의 제안을 거절할 수밖에 없었을 때, 비로소 내가 왜 목사관을 찾아갔는지가 기억났다. 그런데 다음날 모숩이 첫 작업비가 든 봉투를 들고 나타났다. 구깃구깃한 1파운드 지폐 두 장과 내가 서명을 해야 할 수령증이 한 장 있었다.

그 장미, 사라 반 플리트…. 나는 그 장미를 아직도 가지고 있다. 책에 끼워 압화로 만들었다. 나의《배니스터-플레쳐》에. 언젠가 그 책을 팔아버리면 낯모를 구매자가 책갈피 사이에 낀 꽃을 보며 고개를 갸웃하겠지.

그 환상적인 여름에는 시간이 참 많았다. 매일 동이 터오면 들판에서 안개가 피어올랐다. 울타리와 헛간, 숲이 서서히 형태를 갖춰가고 마침내 구릉의 구불거리는 기다란 등이 평원으로부터 또렷해졌다. 그 광경은 일종의 무대 마술 같았다. "자, 아무것도 안 보이시죠. 사실 볼 것이 없기 때문입니다. 이제 보십시오!" 매일 그렇게 하루가 시작되었다. 나는 매일 아침 교회의 문에 몸을 기댄 채 첫 담배를 피우며 이 근사한 배경막(이렇게 즐겨 생각했다)에 경탄을 했다. 아니 그랬을 리가 없다. 나는 경탄하는 종류의 사람이 아니기 때문이다. 혹시 그때는 그런 인간이었나? 어쨌든 한 가지는 확실하다. 당시 나는 크나큰 만족감에 푹 빠져있었다. 그리하여 내가 처한 상황을 생각할 때면, 이 시간이 끝나지 않고, 아무도 가고 오지 않으며, 가을과 겨울은 항상 저 모퉁이 너머에서만 어슬렁거리고, 여름이 되어 무르익어가는 시간은 영원히 이어지고, (나보다 먼저 이런 말을 한 사람이 있듯이) 그 무엇도 내 앞길이 가는 방향을 방해하지 못할 것이라고 즐겨 생각했다.

매일 하루가 시작되는 과정은 대동소이했다. 나는 차를 내리고, 얇게 저민 베이컨 두 장을 굽고, 빵 한 덩이를 먹은 후 창가에서 쐐기풀이 무성한 땅으로 요강을 비웠다. 그런 후 아래로 내려가서 라일락 덤불 뒤로 갔다가(그곳에서는 큰 낫을 경계하고) 잠시 후 엘리야 플레처의 무덤을 세면대 삼아 면도를 했다. 이때쯤이면 이미 일어나 있던 문이 들판을 가로질러 올 나와 차를 마시려고 기다리고 있었다. 우리는 초등학교에서 1교시 수업 종소리가 날 때 작업을 시작하기로 정했다.

우리는 작업을 시작하면—한낮에 짧게 쉬기는 했지만—저녁 6시나 7시까지 무척 열심히 했다. 작업대에 올라가면 나는 마음의 눈으로 처음에는 이것을 보고 다음으로는 저것을 보려고 애를 쓰며 내 사냥감(이런 표현이 상투적으로 들릴 수도 있겠지만) 주위를 조심스럽게 맴돌곤 했다. 내 일에서 두 번째 시도란 있을 수 없기 때문이다. 대체로 나는 잠시 책상다리를 하고 앉아 그날의 작업 계획을 '세우곤' 했다.

어쨌든 키치 부부를 방문한 지 이틀째 되던 날, 내가 이런 식으로 작업을 준비하고 있는데 캐시가 평소처럼 요란하게 나를 찾아왔다. "안녕하세요, 버킨 아저씨." 아이가 소리쳤다. "아저씨를 방해하려고 온 게 아니에요." 그러더니 아이는 햇빛이 쏟아지는 신도석에 앉았다.

"사람들은 꼭 나를 방해하기 전에 그렇게 말하더라." 내가 말했다. "무슨 말을 하러 왔는지 어서 말해 봐. 그래야 내가 일을 계속할 수 있으니까. 그런데 왜 학교에 안 갔니? 오늘 아침에는 왜 종소리가 안 들리지?"

"방학이에요." 아이가 소리쳤다. "한 달 동안요!"

"너무 긴데." 내가 말했다. "그렇지만 방학 내내 어머니를 도와드릴 수 있겠구나."

"엄마는 아저씨가 그 일로 어떻게 먹고사는지 모르겠대요." 아이가 말했다. "그림이 숨겨져 있는 벽이 그렇게 많을 리가 없대요."

"음, 별로 신통치는 않지." 내가 대답했다.

"뭐가요?"

"내 벌이. 우리가 지금 그 이야기를 하는 거 아니었니?"

"음. 그렇다면." 아이가 말했다. "직업을 바꿔서 옥스갓비에서 살면 어때요?"

나는 캐시에게 무슨 일을 하며 먹고 살아야 할지 물었다. 네 아버지가 역에서 짐 옮기는 일이라도 내게 맡길 것 같냐고.

"음, 아뇨." 아이가 대답했다. "짐꾼은 아저씨만큼 교육을 많이 받을 필요가 없어요."

"그러면 뭘 할까?" 내가 물었다.

"세금 징수원이나 학교 선생님으로 지역위원회를 위해 일할 수 있어요. 대학을 나오셨잖아요."

그런 일을 할 수 있는 대학은 아니야. 내가 말해 주었다.

"윈터스길 선생님에게 여쭤봤는데, 아저씨가 문법학교를 나왔다면 평교사는 될 수 있대요. 대신 아저씨가 교장까지 올라갈 수 있을 거라는 생각은 꿈에도 하지 말아야 한대요." 캐시에게 나를 옥스갓비에서 살게 하려고 매우 열심인 것 같다고 하자, 아이는 제 부모님이 나를 좋아한다고 말했다. 탑에서 열심히 일할 뿐만 아니라 주일학교에서 혁신적인 활동으로 호감을 많이 사고 있어서, 내가 가버리면 자기가 아는 사람들이 나를 보고 싶어 할 것이라는 이야기도 해주었다.

"아하, 그런 경우라면 한 번 생각해보마." 내가 말했다. "그런데 학교 선생님, 어? 선반 뒤에 회초리를 숨겨두는 선생님? 말투도 강압적이고?"

"아뇨." 아이가 인정했다. "하지만 그런 생각을 자꾸하면 익숙해질 거예요. 아저씨도 마음을 먹을 수 있을지 생각해 보세요. 누구라도 마음만 먹으면 뭐든 할 수 있다고 아빠가 말했어요."

"옳아!" 내가 맞장구를 쳤다. "그러면 그렇게 하자. 나는 높이 평가 받는 것을 좋아하니까 그렇게 되도록 마음을 먹어볼게. 언젠가는 네가 이렇게 뽐낼 수 있을 거야. '그 사람의 삶의 방식을 바꾼 장본인이 꼬맹이였던 바로 이 몸이야. 그 아저씨는 내게 신세를 진 셈이

라고.'

하지만 지금 당장은 조만간 목사님에게 받을 작업료를 어떻게 하면 알뜰하게 사용할지 고민해 봐야 해."

이 대화를 끝으로 평소보다 침묵이 더 길다 싶어서 아래를 내려다보니 아이는 이미 가고 없었다. 그날 캐시는 내 자존심의 뿌리를 도끼로 찍어버렸다. 아무리 엘러벡 가족처럼 그럴 자격이 있는 사람이라 해도, 우리에게 각자의 노동의 가치를 입증하라는 요구를 해서는 안 된다. 우리의 일은 각자의 개인적인 환상이자, 우리의 위장偽裝이며, 우리가 얼마든지 기어가 숨을 수 있는 망토이기도 하다. 그러므로 일주일에 두 번 힐난을 듣는 일은 자연정의에 위배된다. 그런데도 나는 그런 꼴을 당했다.

앨리스 키치도 항상 아래층에 머물렀다. 그녀는 정숙하게 문을 살짝 열어놓고 신도석 뒤쪽에 앉아 (모자를 두른 띠에 장미 한 송이를 끼운) 테가 넓은 밀짚모자 뒤에 숨곤 했다. 가끔 작업한 부분을 잘 보려고 뒤로 물러날 때 비계가 삐걱거리는 소리만 아니라면, 교회는 너무나 고요해서, 내가 그녀와 족히 삼십 보는 떨어진 곳에서 등을 돌리고 서 있어도 우리는 응접실에 있는 것처럼 이야기를 나눌 수 있었다. 우리의 대화는 일반적이지 않았다. 그 자체로 논평과 질문, 대답, 감탄이었다. 사실 나는 그녀의 표정을 살펴볼 필요도 없었다. 그녀가 말을 하는 태도에서 표정이 보였으니까.

"이 일은 어떻게 하게 되셨죠, 버킨 씨?"(장난스럽게 살짝 말아 올린 입꼬리와 놀리는 듯한 순진한 눈빛) "제 말은 어떻게 이런 직업이 존재한다는 걸 알게 되셨냐는 거예요. 혹시 가업인가요?"

(아버지가 향기비누 공장의 사무실에서 글래드스톤 샘플 가방을 포장하는 모습을 그녀가 보기라도 했나!) "음, 그렇군요. 가업이라고도 할 수 있어요, 키치 부인. 그렇게 짐작하시다니 머리가 좋으시군요. 가족이 세척업에 종사하고 있거든요."

"정말 흥미롭네요! 그러면 더 나은 일거리를 찾아서 아버님과 함께 출장을 다니셨나요?"

"오, 아니에요. 그런 일은 없었어요. 아버지는 여행

을 하실 때 동행을 못 견디셨죠. 그것이 신경을 거슬리게 한다고 생각하셨어요. 항상 퇴근하고 집에 오실 때면 언짢은 상태였죠. 말도 하지 않으셨어요. 그러고는 곧장 뒷마당으로 나가버리셨어요. 모자도 벗지 않으신 채로 말이죠. 물건을 부수면 기분이 좋아지셨어요. 어머니는 키우시는 장미 때문에 벌벌 떠셨고요. 첫 10분이 최악이었어요. 무슨 일이 일어날지 모르니까요. 기질, 아시겠어요. 예술가라면 다 있는 거죠."

나는 세 지주(누가복음 16장을 참조하라)를 작업 중이었는데, 그들은 다가오는 심판도 알지 못한 채 지극한 희열에 빠져있었다. 두 번째 지주의 망토는 화려했다. 겉은 붉은색이고 안감은 녹색이었다. 그 붉은색은 매우 훌륭했는데, 실로 최고였으며 비용을 아낌없이 쓴 것이 분명했다. 다시 말해 그 붉은색 안료는 시노퍼 헤마타이트로, 종종 얼간이들이 시노퍼로 부르는 것과 혼동을 하면 안 되는데, 보통은 적색토를 말하며 폰투스 유크세이노스(흑해의 고대명—옮긴이주)로부터 배로 실어왔다. 이 안료는 칠하고 돌아서자마자 검게 변해버리는 붉은색이다. 그러면 색이 살아남는다. 여기서 이야기할 것은 그것이 전부다. 축축한 벽에서는 살아남는 것이 가장 중요하다. 다시 이 인물의 망토로 돌아가자. 이 망토 부분의 안료는 수지를 용매제로 썼으며 그래서 많이 배어 나오지 않는다. 보이턴에 있는 기포드 예배실의 돌무더기 사이에서 이 안료가 말라붙어 있는 가리비 껍데기 하나가 발견되기도 했다.

음, 원래 그런 법이다. 그냥은 넘어갈 수 없다. 좋은 품질을 원한다면 어떤 식으로건 대가를 지불해야만 한다. (비니는 재능이 있었고 나는 그것에 기꺼이 돈을 지불했다.)

"여기 아래에서는 그림이 거의 안 보여요, 버킨 씨. 지금 무슨 작업을 하시나요?"

"어느 신사의 코트를 닦아내고 있어요."

"많이 더러운가요?"

"그럼요! 온갖 오물을 다 끌어당기는 훌륭한 기름을 만들어 내기에 수지 양초만 한 것이 없거든요. 현대 여성들은 얼마나 운이 좋은지."

(당신이 비명을 지르지 않도록 막아주는 것… . 음, 그건 너무 극단적인가…. 이렇게 생각해 보자. 옛날에는 어떻게 살았을지 짐작할 수 있다면 도움이 된다. 내가 정말 하고 싶은 말은 중세로 돌아가는 길은 쉽게 찾을 수 없다는 것이다. 우리가 상상의 옷을 입고, 이런저런 옛 말투를 흉내 낸다고 그 사람들이 되는 게 아니다. 그들은 생과 사, 잠과 일, 사는 게 너무 힘들 때 전능하신 아버지와 그분의 상처받은 아들에게 드리는 기도 말고는 마음을 기댈 유흥이 몇 가지 밖에 없었다. 그래서 내 일에서는, 바람결에 펄럭거리며 지옥에서 고통받는 영혼을 풀어주기를 간청하는 양초의 냄새를 맡을 수 있다면, 양초의 연기가 이미지들 사이로 느릿느릿 올라가 중앙회랑 위 아치를 지나 코벨(무게를 받치는 돌출부―옮긴이)과 양각 장식까지 올라가는 바람에 여자 청소부는 손이 닿지 않을 높은 곳의 돌이 까맣게 그을린 모습을 볼 수 있다면 도움이 된다.

이런 이야기가 허무맹랑하게 들리겠지만 내가 전하고 싶은 바는 명확하다. 첫 햇살부터 어스름까지 빛이 왔다가 가는 것을 지켜보기만 하거나 짐작할 뿐, 그 시간 내내 쪼그리고 앉아서 고개를 주억거리고 막 음식을 먹은 손가락으로 그림 속 가슴과 머리를 문지르며 작업을 하는데, 다음에 또 볼 때까지 그들이 볼 수 있는 유일한 그림인 이 벽화를 보려고 초라한 행색의 얼굴들이 고개를 높이 들어 준다면, 그러면 당신은 그 일에 조금 더 노력을 기울일 것이고, 묽은 염산만 아니라 마음까지 더해서 작업에 매진하게 될 것이다.)

"버킨 씨… 버킨 씨… 그건 유화인가요? 수채화인가요? 대체 뭐죠?"

"전부 다라고 할 수 있어요, 키치 부인. 재료 – 블루 뷔스blew bysse, 파운드 당 4실링 4페니. 재료 – 녹청 한 부대, 파운드 당 12페니. 재료 – 석간주, 페니 당 3파운드, 재료 – 밀가루 3펙(약 9리터 – 옮긴이)…. 이런 것들을 뭉뚱그린 벽화라고 생각하세요. 물론 벽도 잊지 마시고요. 저 아래 죄 많은 남부는, 교구의 공물로 들어온 탈지유로 굳힌 백악(백색 석회암 – 옮긴이)으로 회칠을 했어요. 여기 북부에서는 벽에 칠하는 소석회가 알맞게 잘 굳을 만큼 촉촉했고요. 그게 중요한 거죠."

"놀리시는 거죠. 아시다시피 내가 그렇게 멍청하지 않아요. 예전에 친척 아주머니에게서 생일선물로 물감을 받았어요. 환상적인 보라색 조각이 들어있었던 기억이 나요." 그러더니 종소리처럼 청량한 웃음소리가 들렸다.

"놀리는 게 아닙니다, 키치 부인. 대장간의 다우스웨이트 씨에게 물어보세요. 그분이라면 대장간의 제작 물품 목록에 없는 물건을 주문받으면, 임시변통으로 이쪽을 납작하게 하든 저쪽을 벌리든 어떻게든 완성해야 한다는 걸 잘 아실 테니까요. 저와 얼마 전까지 함께 일한 동료라면 (일주일 10펜스에) 찰과상을 입건 말건 평평한 대리석으로 스페인 화이트와 바그다드 인디고, 코니쉬 말라카이트, 녹토를 갈아가며 최선을 다할 거예요. 그리고 그날의 부족한 달걀 몇 알을 깨기 위해 함석 그릇이 필요해지겠죠. 다들 그 달걀이 산비둘기의 알만하다고 하더군요. 당연히 그 친구는 노른자를 쏙 빨아먹은 후에 흰 자와 물감을 섞을 거예요. 그리고 이렇게 소리칠 거예요. '이봐, 친구. 게으름뱅이 잭. 녹색이 좀 더 필요해. 어떤 녹색? 외투의 안감을 칠할 녹색이지, 이 멍청이야! 말라카이트! 똑바로 봐. 우리는 지금 삯일을 하고 있어. 우리는 화요일 눈 뜨자마자 비벌리로 출발해야 해. 홀더니스 습지의 도로 사정이 어떨지 누가 알겠나.'"

"가엾기도 해라!"

"운이 좋은 거죠. 그 친구는 쟁기를 끄는 신세가 될 수도 있었어요. 수도원 학교에서 엉덩이에 매질이나 당했을 수도 있고요. 어쨌든 그를 조금도 동정할 필요가 없어요. 그 친구라면 부군 제단의 대석에 돌을 갈아 도료를 만들었을 테니까요."

"맙소사! 그런데 그 가여운 친구분이 그렇게 할지 어떻게 아세요?"

"축성을 받은 십자가의 아랫부분에 붉은 기가 남아 있는 걸 봤거든요."

우리는 이런 대화를 나누었다. 그리고 평소보다 더 긴 침묵 후에 나는 그녀가 가버렸다는 걸 알았다.

옥스갓비에서 몇 주 머무르기 전에는 어린 시절 이후로 예배에 참석한 적이 없었다. 뒤돌아보면 나는 열

여덟 살, 어쩌면 열일곱 살에 불신자가 된 것 같다. 그리고 충동적으로 그런 결정을 내렸을 리는 없었을 것이다. 부모님은 교회에 나가지 않았지만, 교회에서 식을 올렸으며 내 세례식을 보았고 아마도 느슨하게나마 내세를 믿는 듯했다. 아버지는 낚시 철이면 일요일마다 거의 빠짐없이 아침 일찍 민물낚시를 하러 나갔다. 그런 날이면 아버지는 내 방에 머리를 쏙 밀어 넣고 말했다. "강둑으로 조물주를 찬양하러 다녀오마. 어머니 잘 보살펴드려."

노스라이딩으로 와서는 정신없이 새로운 생활에 휩쓸렸다. 일요일마다 모숩이 내 위에서 종을 울리기 시작하면 억지로 잠에서 깼는데, 물론 얼른 다시 눈을 감았다. 종을 치는 밧줄이 내가 있는 층의 바닥과 천장에 난 구멍을 오르락내리락할 때마다 머리가 어질어질했기 때문이다. 다음으로는 난간동자 주위까지 소리가 올라오는 키치의 성만찬 예식을 반쯤 건성으로 들었다. 일요일 저녁이면 웨슬리교파들과 함께 엘러벡 가족의 신도석에 앉은 내 목소리가 우렁차게 울렸다. 일요일마다 역장의 집에서 점심을 먹자는 초대를 받은 것도 있지만, 작업비에 숙소까지 공짜로 쓰니 예배에 참석해 양심의 가책을 씻어내야 한다고 느꼈기 때문이다. 솔직히 내가 예배를 열심히 들을지, 진심으로 즐길 수 있을지 전혀 알 수 없었다. 그런데 정말 '즐겼다'.

웨슬리교파의 예배가 키치가 집전하는 예배보다 훨씬 생기에 넘쳤다. 우선 설교자가 매번 달랐다. 사환들과 가게 주인들, 심지어 효모 판매인도 있었다. 그러나 대개는 많이 배우지 못한 사람들이었다. 농부나 노동자들로 열두 살이나 열세 살에 학교를 떠난 남자들 말이다. 그들의 신념은 주교만큼이나 확고했지만, 킬번과 리보에에 남아 있는 사투리를 주로 사용했기 때문에 외국어로 설교를 하는 듯했다. 적어도 남부의 내 조상들이 이미 잊어버린 언어로 말하는 것 같았다. 그들의 영어는 너무나 사투리가 심해서 오르간을 치던 캐시와 내가 얼굴을 다 아는 성가대원들조차 손수건으로 입을 막고 켁켁거릴 정도였다.

나는 실교에 열정을 마구 뿜어내던 어느 노신사를

아직도 기억한다. "아내와 나는 진창 길을 따라갔습니다. 긴 진창 길이었죠. 그리고 한 바퀴를 돌자 진창의 흙이 튀어 옷이 얼룩투성이가 되었습니다. 주일에 아내가 말하기를 '여보, 예배에는 가지 않을 거예요. 또 진창의 흙을 뒤집어쓸 거예요.' '아니에요.' 내가 말했습니다. '더러운 오물이 묻지 않게 할 수 있어요. 진창이 끝나는 곳까지 당신을 업고 갈게요.'"

요즘 나는 종합중등학교와 BBC가 그들의 무시무시한 스탬프 같은 표준어로 근사한 비음을 납작하게 만들어 버렸다고 생각한다. 하지만 당시, 말馬의 시대가 끝나갈 무렵 복음의 전파자들은 자신이 존경했던 선배 설교자 외에는 모범으로 삼을 만한 사람이 없었다. 엘러벡 씨도 마찬가지였다. 그는 열네 살에 마을 학교를 졸업한 후 십대 후반에 지역 설교자가 되었다. 어떤 남자보다 온화하고 자제력이 뛰어나지만, 일단 설교단에만 오르면 자신의 아버지처럼 돌변했는데, 그의 아버지는 폭력적일 정도로 열정적이고 비논리적인 사람이었던 모양이다.

설교단 계단을 올라가면서 변했다는 말은 엄밀히 말해 사실이 아니다. 그는 찬송가를 알릴 때도 매우 온화했으며 동양의 전제군주가 입는 치마 같은 자신의 예복을 존중해 달라고 지루할 정도로 간청할 때조차 은근하게 말이 많을 뿐이었다. 하지만 일단 설교가 파도처럼 휘몰아치고 구름처럼 뭉게뭉게 피어오르면, 그는 광인처럼 소리치고 열변을 토했고, 간간이 커다란 주먹으로 연단을 내리치는 바람에 물병이 풀쩍 뛰어오를 때도 있었다. 가여운 그의 아내는 수치심에 고개를 푹 숙이고 있었다. 연신 비틀어대는 손가락만이 그녀의 심적 고통을 드러내 주었다. 그러다가도 다시 땅으로 내려오면 그는 발작을 일으켰다가 그 사실을 기억하지 못하는 사람처럼 원래 모습으로 돌아왔다.

저녁 예배가 끝나면 역장의 집 응접실에 다시 모이는 것이 관례였다. 그곳에는 미국산 풍금이 있었는데, 미끄러져 들어가고 나오는 부분이 달려 있고, 누르고 흔들 수 있는 부분과 증음기, 음전(오르간에서 음역을 조절하거나 변화시킬 때 사용되는 도구―옮긴이)이 달린 환상적인 악기였다. 또 그곳에는 기둥이 달린 꽃 받침대, 감정이 격해진 바리톤들을 위한 팔 받침대, 가수와 노래 모두 돋보이게 밝힐 수 있도록 위치를 조정할 수 있는 네 개의 청동 촛대도 있었다. 그리고 이 모든 것들 외에도 무늬 있는 난간 뒤로 가보인 유리그릇과 냄비 등이 안전하게 진열되어 있었다.

아무튼 일요일 저녁 예배가 끝나면 역장의 집은 문을 활짝 열었고 사람들은 이 멋진 기계 주위로 몰려들었다. 한바탕 찬송가를 부르는 사이사이, 손님들은 독창으로 사람들을 즐겁게 해달라는 요청을 받았다. 오래전에 사라진 그 시절, 나는 내 목소리가 맑은 음색의 바리톤이라고 자신했다. 그래서 내 차례가 되자 막사와 클럽에서 잘 불렀던 곡을 불렀다. 이런 가사였다.

"어느 날 조용히 앉아 있었다네.
라인 강가의 맥주집에서.
건강하고 가슴 따뜻한 동료 세 명과
넘치도록 많은 포도주를 흥청망청 마셨지."

내가 노래를 마치자—6절까지 불렀다—방을 가득 채운 사람들은 내 목 너머나 따끔거리는 하트 깔개를 불편한 기색으로 바라보았다. 그 상황이 영 당황스러웠다. 마침내 엘러벡 부인이 말했다. "정말 좋은 노래였어요, 버킨 씨. 술 마시는 부분을 제외하면요. 정말 낭만적으로 보이지만, 오, 그 많은 아내와 아이들의 불행과 절망을 생각해 보세요!" 그렇게 내 시도는 끝이 났다.

그 후에 엘러벡 씨가 나와 함께 교회로 향했다. "기죽을 거 없어요." 그가 말했다. "내 아내는 좋은 뜻에서 한 말이에요. 신경 쓰지 말아요. 사실 돌아가신 장인어른이 술꾼이어서 한번 시작하면 언제 멈춰야 할지 모르는 양반이었죠. 그런 사람들 자주 볼 거예요. 여기 고원지대에서는. 그 사람들은 덴마크 핏줄이죠. 실제로 '장인'은 금발 턱수염을 길게 길렀고 눈동자가 푸른색이었어요. 장인은 나를 한 번도 좋아하지 않았을 거예요.

당신은 런던 사람이니 이스트라이딩의 주택이 어떻

게 생겼는지 잘 모르겠죠. 한 방에서 옆 방으로 곧장 가고 복도는 없어요. 대체로 마지막 침실은 계단이 있어요. 몹시 가파르고 난간은 없죠. 방문은 바닥에 나 있는데, 튼튼하게 지지해주는 것이라고는 걸쇠밖에 없어요. 벌어진 상황으로 추측해보면, 장인어른은 한밤중에 요의를 느끼고 일어났어요. 술에 취해서 정신이 없었고요. 그래서 계단으로 추락했어요. 그 육중했던 분이 문에서 곧장 떨어져 내린 거죠."

맙소사! 엄청난 장면이었겠군! 처음에는 정적이 흐르다 다음 순간 무시무시한 굉음이 울려 퍼지며 그 노인은 주위에 아무것도 붙잡을 것도 없이 속수무책으로 처박혔다. 먼저 문을 부수며 통과한 후 컴컴한 거실로 추락했겠지. 아마 거대한 그의 몸에 깔린 의자가 산산조각이 났을지도 모른다.

"그랬다니까요." 그가 말을 이었다. "나도 술을 좋아하지는 않아요. 음주는 죽어라 반대하죠. 하지만 내 아내만큼은 아니에요."

그 후로 나는 엘러벡 부인을 볼 때마다 좀 더 찬찬

히 살피게 되었다. 그 일이 있기 전에는 그 부인은 그저 마음씨 좋은 주부일 뿐이었다. 그러나 이제는, 음 생각해보라. 방이라고는 고작 둘이나 셋인 집에서 술만 들어가면 예측불허의 이방인이 되는 수염 난 거인과 살았을 그녀의 어머니는 두려움과 경멸감을 감추려고 애를 썼을 것이다. 그러다가 암흑 속에서 이토록 충격적인 결말을 맞이하다니! 그 머저리 같은 낭만적인 노래를 떠올리자 나는 기분이 끔찍했다. 게다가 그 가여운 여인은 나를 얼마나 쉽게 용서해 주었는지. 코트 주머니에 무심코 손을 넣었더니 소고기 샌드위치 꾸러미가 들어있는 것이 아닌가!

그리고 다음 오르간 모임에서 그녀는 자비롭게도 내게 구원을 내려주었다. "어머나, 버킨 씨." 그녀가 말을 걸었다. "지난번에 불러주신 그 노래는 가락이 참 듣기 좋더라고요. 혹시 가사를 바꿔줄 수 없나요?" 그리하여 내 영혼을 구원하기 위해 나는 이렇게 바꿔 불렀다.

"어느 날 조용히 앉아 있었다네.
라인 강가의 찻집에서….."

캐시만 그 상황을 우스워하는 것 같았다. 하지만 그
아이는 마음이 너그러웠기에 한 번도 나를 놀려먹는
데 그 노래를 써먹지 않았다.

이즈음 아치의 꼭대기와 좌측은 때가 거의 다 제거
된 상태였다. 거물은 특별한 대접을 받았다. 그의 옷에
는 심지어 금 잎사귀까지 그려져 있었다. 게다가 놀랍
게도 천사의 자태를 보조해주듯 입술과 두 볼에는 진
사로 채색되어있기까지 했다. 사실 여기저기 살펴본
결과, 돈을 대기로 한 사람이 누구든 이왕 마음먹었으
니 제대로 하자고 생각한 것 같았다. 그래서 값비싼 붉
은 안료를 쓰고 눈이 튀어나오게 비싼 나뭇잎을 그려
넣으며 믿어지지 않을 정도로 돈을 아끼지 않았다.
하지만 불길 근처에서 머무르고 있거나 불 속으로
돌진하는 저주받은 영혼들에 채색을 시작하면서부터

(그 무렵 내가 작업을 시작한 부분이었다) 화가의 재료는
싸구려로 바뀌어 적색토와 산화철이 사용되었다. 그렇
다고는 해도, 비슷한 재료끼리 모아 채색을 했기에, 비
용을 아끼지 않은 미카엘과 피에 굶주린 용광로 같은
그의 양손에 비교되는 망신은 면할 수 있었다. 화가는
되도록 생기 넘치는 채색으로 부족한 부분을 채웠다.
그는 진심으로 작업에 애정을 느꼈다. 아치 정상 부분
의 작업은 극도로 훌륭했다. 화가는 자신의 분야에서
장인이었으므로 그가 손을 대면 그 결과가 뛰어나지
않을 리 없었기 때문이다. 그런데 아래로 내려갈수록
그는 그냥 다 집어던져 버렸다. 예술과 심장을.

　매일같이 나는 불타는 폭포를 몇 인치씩 드러내었
다. 뼈와 관절, 벌레 구멍이 숭숭 뚫린 신체 부위가 불
이 활활 타오르는 둑 위로 흘러가고 있었다. 몇몇 불쌍
한 인간들은 여전히 멀쩡했다. 화가는 그들에게 큰 관
심을 기울이지 않았다. 그들은 불쏘시개에 지나지 않
았다. 단 한 명을 제외하고. 내가 장담하건대, 그 한 명
은 바로 화가 자신이었다. 이마에 남은 초승날 모양의

흉터가 이런 추측을 거의 확신하게 했다. 그의 밝은색 머리카락은 제2의 마술사 시몬처럼 그가 벽 아래로 곤두박질칠 때 횃불처럼 흘러내렸다. 두 다리가 섬세하게 털로 뒤덮인 악마 둘이 그를 꽉 붙잡았다. 악마 하나는 그의 오른손 손목을 잡았고 다른 하나는 큰 가위로 그를 가르고 있었다.

그 모습은 그때까지 내가 보았던 중세 그림 중에서 가장 특이한 세부사항으로, 브뤼겔을 백 년은 앞지르는 솜씨였다. 이 부분에서 무엇이 그를 당대의 수준을 훌쩍 뛰어넘어 앞으로 가도록 밀어주었을까?

그리하여 기억에 남을 바로 그날, 나는 눈앞에 걸작이 나타났지만 상자에 제일 맛있는 초콜릿을 모으기만 하는 탐욕스러운 아이처럼 그 사실을 선뜻 인정할 마음이 들지 않았다. 매일 나는 세부적인 것에 과하게 관심을 기울이면서 전체적으로 그림을 마주하는 시간을 자꾸만 미뤘다. 그러다 어느 초저녁, 여전히 의도적으로 그림을 똑바로 보지 않던 나는 서쪽으로 저무는 햇빛이 내 난간동자를 지나 벽을 잠시 밝히자 한 걸음 뒤로 물러섰다. 그때 나는 보았다.

숨이 멎을 듯한 광경이었다. (아무튼 나는 그때 숨을 쉴 수 없었다.) 엄청난 색채의 폭포 즉, 정상에서 다양한 색조의 푸른색이 떨어져 내려 붉은색의 급류 속으로 흘러 들어가고 있었다. 모든 위대한 작품이 그러하듯이, 부분으로 당신을 매혹하기 전에 전체라는 망치로 당신을 내려치는 것이다.

저녁 내내 나는 그 그림에 완전히 빠져들어 문이 사다리를 타고 올라오는 소리도 듣지 못했고 내 곁에 있는 그를 보고 미처 놀라지도 못했다. 잠시 후 그가 말문을 열었는데, 그 역시 장엄한 벽화에 푹 빠져있었음이 분명했다.

"당연한 말이지만, 소문이 돌기 시작하면 한바탕 소동이 일어나리라는 걸 알지?" 그가 말했다. 내가 고개를 끄덕였다. "이런 것이 다른 곳에 또 있나? 이런 수준의 벽화가?" 아니, 없어. 내가 말했다. 그래, 과거라면 있었다. 하지만 더는 없다. 크라우턴, 스토크 오카드, 세인트 알반스, 그레이스 해로우든, 그들 모두 한

때는 눈부시게 훌륭했다. 하지만 지금은 아니다.

"여기 좀 봐." 그가 말했다. "저 얼굴들을 보라고. 묘하게 현실감이 있어 보이잖아. 이 사람들은 실존 인물이라고 맹세할 수도 있을 거야. 그러니까 실존 인물이었어. 저기 있는 양치기 천사 둘, 채찍을 든 사람들. 장담하는데 저들은 춤을 추고 있어. 환상적이야! 그거 아나, 어떤 점에서 이 벽화를 보고 있으면 프랑스에서 겪었던 끔찍한 고초가 다시 떠올라. 특히 겨울. 포격이 시작되면 저마다 지금이 밤인가 궁금해했던 그 붉은 저녁들….

'그리하여 시뻘건 상처를 입은 채
산 자와 죽은 자에게 저주를 걸기 위해 그가 올 것이다….'"

나는 그런 식으로 보지 않았다. 절대 그런 식으로 보고 싶지 않았다. 옥스갓비는 다른 세상이었다. 그래야 했다. 내게 이 그림은 단지 그 당시의 기준에 비해 독특한 그림을 그린 중세 벽화 그 이상도 이하도 아니었다. 음, 우리는 서로 다른 눈으로 사물을 바라본다. 그러므로 하다못해 천 명 중 한 명이라도 당신과 같은 방식으로 사물을 봐 주기를 바라는 마음은 아무 소용이 없다. 그래서 나는 문에게 이 그림이 남다르다면 그것은 한 사람이 모두 다 그렸기 때문이라고 말했다. 이를테면 스케치는 장인인 화가가 하고 채색은 그의 제자들이 했다고 알려져 있는 찰그로브의 것과 비교했을 때, 이 벽화는 한 명의 화가가 밑그림과 채색까지 모두 했다고 말이다. 하지만 문의 귀에는 내 말이 들리지 않은 것 같았다.

"이거 정말 우쭐한 기분이 드는데." 그가 말했다. "〈타임즈〉지의 예술 비평가가 이 벽화의 존재를 알아차리고 학계의 기생충들이 빨아먹을 마법이 깃든 경이로운 벽화가 있다고 사방에 떠들기 전에 이 벽화를 아는 사람은 우리 둘뿐이잖아. 지금 이 순간 이 벽화는 우리 둘만의 것이야.

'그리고 여기 있는 우리 각자는

몸과 영혼 모두 자유로우니.

멸망의 날에 일어나

그분의 도래를 준비하라…'

나는 말이야. 종교를 좀 더 즐겼을 수도 있었겠다는 생각이 들어. 나는 종교가 좀 껄끄러웠거든."

"저기 앨리스 키치가 온다." 내가 말했다. "이제 그녀도 알게 되겠군."

그가 호기심에 찬 눈빛으로 나를 보며 말했다. "두 사람 사이에 뭔가 생기기를 바랐어. 아니라고? 아쉬워라! 저 여자는 키치에게 과분해."

"일주일 전에 올라와도 된다고 했어. 어차피 이틀에 한 번은 와서 문가에 앉아 지적인 관심을 보여주니까."

"이 벽화에? 아니면 자네에게? 지금껏 일언반구도 없었잖아. 혹시 결혼했어?"

나는 비니에 대해 털어놓으며 그녀가 다른 남자와 도망갔다고 말했다. 내가 해외에 있을 때, 여러 남자와 잠자리를 가졌으리라 거의 확신한다는 건 말하지 않았다. 전에도 집을 나간 적이 있다는 말도 하지 않았다.

"좋아." 문이 말했다. "자네가 내 질문에 개의치 않는다는 사실은 우리 두 사람 다 잘 아는 것 같군. 나는 평생 한 번도 천생연분을 만나지 못했지."

우리는 한동안 아무 말도 하지 않았다.

"자네가 보면 흥미로워할 세부사항이 두 가지 있어." 내가 추락하는 남자를 가리키며 말했다. "이 남자는 다른 부분보다 몇 년 먼저 석회로 칠해져버렸어."

문은 앞으로 몇 걸음 다가가 그 남자를 흥미롭게 살펴보았다. "그래." 그가 말했다. "자네가 무슨 말을 하는지 알겠네. 이 초승달 흉터—자신을 알아볼 수 있도록 화가가 그려 넣었다고 맹세할 수 있어. 하지만 자네의 화가는 끝내 이름을 밝히지 않았군. 애석해! 자네가 해답을 찾지 못할 수수께끼야, 버킨."

문은 추락하는 남자는 벌써 잊은 듯이 고개를 돌려 천장을 눈으로 훑었다. "저기 천장 양각장식 말이야."

그가 말문을 열었다. "아무리 봐도 저 장식의 자리는 원래 저기가 아닌 것 같아. 저것들은 다른 곳에 있었어. 늙은 모습의 까마득한 선조가—1530년대에—제단화에서 제일 좋은 부분들을 떼어내서 공식적인 파괴자들이 오기 전에 안전하게 치워버리지 않았을까? 그나저나 모습은 이 그림에 대해서 어떻게 생각해?"

내가 웃었다. "말은 안 하지만, 별다른 생각이 없는 것 같아. 어쨌든 모습도 두 달 후면 신도들은 이 그림이 여기 있는지도 거의 다 잊어버릴 거로 생각해. 장담하는데, 모습은 내가 기차에 오르자마자 키치가 이 그림을 다시 석회로 덮어버릴 것으로 생각할걸. 모습은 이 마을 사람들을 좋게 보지 않아."

"모습이 키치와는 어떻게 잘 지내는 거야?"

"오, 그 질문에는 모습이 직접 대답할 수 있을 거야. '버킨 씨, 아시다시피 목사는 가고 다른 목사가 오지만 우리는 여기 계속 살지요.'"

얼마 후 우리는 내려갔다. 내가 묘지의 펌프물로 몸을 씻은 후 우리는 그의 텐트로 가 차를 끓였다. 7시

무렵이었다. 주위가 어찌나 고요한지 1마일 밖에서 누가 말하면 내가 대답할 수 있을 것 같았다.

우리는 따사로운 햇볕을 받으며 앉아 있었다. 그는 담배를 피우고 나는 앨리스 키치를 생각했다. 일에 푹 빠져있었던 데다 앨리스는 키치 '부인'이라는 생각이 머리에 박혀 있었기에, 나는 그녀를 즐겁게 이야기를 나눌 수 있고 그 핑계로 바라볼 수 있는 매력적인 여자로밖에 생각하지 않았다. 그러나 문으로부터 속을 떠보는 듯한 질문을 받은 후로 마음이 바뀌었다. 이제는 그녀와 함께 어느 조용한 방을 찾아가 함께 식사를 하고 그녀의 손을 잡고 몸을 만지며 입을 맞출 가능성을 떠올리자 머릿속이 복잡해지면서도 동시에 가슴이 설렜다. 위층 방으로 올라가면 창문은 과수원과 그 너머에 있는 들판의 냄새와 소리에 열려 있다. 그리고 우리는 어둠 속에서 서로를 향해 몸을 돌리리라. 우리는 꿈이 있다….

"오, 맙소사. 저 사람이 오다니." 문이 웅얼거렸다. "저 사람은 주위에 우울한 그림자를 퍼트려."

"안녕하십니까!" 키치는 이렇게 인사를 건넸지만, 우리가 묵묵부답이자 불편한 기색을 숨기지 않았다. "마침 이곳을 지나가던 중이었습니다. 뭘 좀 찾아냈나요, 문?"

"아뇨." 문이 대답했다.

"음, 나는 그곳에 뭔가 찾아낼 만한 것이 '있으리라'고는 단 일 분도 생각한 적이 없어요. 가여운 헤브론 양은 임종에 가까워서 제정신이 아니었죠."

문은 아무 대꾸도 하지 않았다. 키치는 그를 요리할 재간이 없는 듯했다. "음." 그가 냉담하게 말했다. "완벽한 돈 낭비죠!"

문이 먼 곳을 바라보았다.

"한심한 일이죠." 그는 유난히 공격적으로 말했다. 그러더니 자리를 떴다.

"그 매력적인 앨리스가 저자를 어떻게 견디는 거지?" 문이 말했다. "하루에 최소 세 번 함께 식사하고 저자의 징징거리는 소리를 들어 줘야 한다고 생각해 봐. 게다가 한침대를 쓰잖아!"

"집에서는 다를지 모르지." 내가 말했다. "정말 달라. '나'는 저 사람의 영역인 곳에서 일을 하니 저 사람이 무슨 말을 하든 듣고 있을 수밖에."

"보통 무슨 이야기를 해?"

"음, 일단은 교회 스토브."

"그 이야기는 자네에게 벌써 들었어. 벌써 몇 주 전이었잖아. 설마 아직 그 이야기를 할 리가."

"몰라. 그래, 솔직히 무슨 말을 하는지 몰라. 내가 아는 건 그가 이야기를 늘어놓는다는 사실뿐이야. 무슨 이야기를 하는지는 잘 모르겠어. 굳이 대답을 듣고 싶어 하는 것 같지도 않아. 그렇게 떠들면 마음이 편안해지나 봐."

문이 킬킬 웃었다. "자네도 참 별난 악당이야, 버킨." 그가 말했다. "'자네'는 집에서 어때?" (이 질문에 나는 생각에 빠졌다.) "그런데 그 사람 뻔뻔하지 않아? '가여운 헤브론 양은 임종에 가까워서 제정신이 아니었죠'라니. 나는 헤브론 양이 그를 목사 자리에 앉힌 것으로 충분히 했다고 봐. 키치는 아직도 그 사실에 꽁해 있다니까. 모숍에게 들었는데, 헤브론 양은 그가 어떤 사람인지 꿰뚫어 봤고 처음부터 키치에게 좋을 일은 전혀 해주지 않았다더군. 우리 후원자가 살았던 집을 보여줄게. 따라와."

우리는 강을 따라 걷다가 인도교를 건넌 후 도로를 따라 잠시 걸었다. 그리고 경첩에서 빠진 채 이끼를 껍질처럼 두르고 있는 대문을 지나 손질하는 이 없는 진입로로 들어갔다. 초기 빅토리아 양식의 저택은 으리으리했다. 벽마다 창문과 수직홈통이 빼곡하게 들어차 있었다. 저택은 어느새 들장미 덤불이 되어버린 장미 화단과 손질하는 이 없는 풀밭, 무성하게 자라 덤불이 되어버린 관목들 사이에 서 있었다.

"헤브론 양에 관한 이야기를 들어보면 그녀는 자신의 집과 많이 닮았어." 문이 말했다. "그녀는 옷을 아무렇게 깔고 자거나 입은 채로 잠이 들었어. 모숍은 그녀가 치수가 큰 두툼한 치마를 자선 바자회에서 여러 벌 샀대. 그리고 몇 년 동안 하나씩 헤질 때까지 입었어."

"좀 더 좋게 말할 수도 있잖아." 내가 지적했다. "자

네의 이야기를 들으면 헤브론 양은 낡은 옷더미인 것
같아."

"눈동자 색깔은 아주 연했어. 아마 회색이었을 거야.
듣기로는 머리 색을 계속 바꿨어. 한 번은 오렌지색으
로 염색한 적도 있다더군. 코는 몹시 길쭉하고 콧날이
가늘었어. 치아는, 사람들 말이 그래. 그녀의 치아는
유난히 큼지막했어. 그래서 그녀가 웃으면… 모습은
차라리 인상을 쓰는 편이 덜 무서웠다고 하더군."

나는 점점 썩어가는 저택을 바라보았다. 방이 서른
개는 되어 보였다. 어쩌면 더 많을지 몰랐다. 그 많은
기다란 복도와 계단, 골방, 지하실, 다락방. 가여운 여
인! 밤이면 그녀는 양초 한 자루를 들고 집 안을 배회
하다가 외풍에 촛불이 훅 꺼지면 암흑 속에서 앞을 더
듬었을 것이다.

"예전에 헤브론 양은 여자 형제와 함께 살았어. 헤티
양이라고 하더군. 그녀는 원칙으로라면 정신병원에 있
었겠지만, 헤브론 양은 아무도 그녀를 검사하지 못하
게 했어."

"그럼 이제 대령만 홀로 남겨진 거네."

문이 고개를 끄덕였다. "늙어가는 일을 생각하면 무슨 생각이 들어, 버킨?"

이것은 생각 없이 그냥 해 본 질문이 아니었다. 그가 정말로 대답을, 다른 사람의 의견을 듣고 싶어 하는 게 분명했다.

"상상도 못 하겠어." 내가 말했다. "내 말은, 내게도 그런 일이 일어난다는 게 상상이 안 돼." 내가 말했다. "지금은 너무 먼 이야기잖아. 자네는 궁금해? 내가 어떤 기분일지 자네도 알잖아. 우리가 노화를 걱정해야 한다고 생각하는 사람이 우리 중에 얼마나 되겠어."

"아니면 그 후에 벌어질 일이나?" 그가 되물었다.

"선행을 하면 기쁨을 얻을 것이고
악행을 하면 고통을 받을 것이니라."

"오, 그만해." 내가 짜증스러운 티를 냈다. " 누구나 이 세상에 왔다가 언젠가는 가. 나는 그걸로 충분해.

우리는 이 세상에서 빌린 시간을 살고 있어. 그러니 그 시간이 끝나면 무엇이 오건 받아들이는 수밖에."

그해 8월은 매일 같이 뜨겁고 건조했다. 요즘은 이런 날씨를 진짜 휴가 날씨라고 부르지만, 당시에는 지역에서 부유한 사람들만 집을 떠나 여행을 했다. 스카보로에서 일주일을 보내는 것조차 대단한 일이었다. 평범한 사람들이야 아무 데도 가지 않고 농작물 박람회나 여행 박람회, 주일학교 소풍에서 즐거움을 찾았다. 사교 활동이라고 할 모임이라면, 오이 샌드위치를 준비한 테니스 파티 정도였다. 시골 사람들은 대부분 집이 아닌 곳에서 잠을 자는 행위에 대해 뿌리 깊은 편견을 가졌으며 낯선 사람들 사이에서 머물면 십중팔구 도둑의 손아귀에 들어갈 거라고 굳게 믿었다. 이것이 조상 대대로 살아온 그들의 삶의 방식이었다. 그들은 말을 타고 또는 도보로 하루 안에 왕복할 수 있는 거리까지만 여행을 갔다.

이렇게 삶과 노동의 느긋한 리듬이 내게 스며들었

다. 어느새 나는 이곳의 일원이 되고 이곳에 내 자리가 있는 것만 같았다. 현재와 과거에 발을 하나씩 딛고 있는 기분이었다. 나는 정말 만족스러웠다. 그러나 어느 날 앨리스 키치에게 이런 말을 들은 후에야 비로소 나는 내게 찾아온 변화를 깨달았다. "행복하신가 봐요, 버킨 씨. 전처럼 날이 곤두서 있지 않아요. 일이 순조롭게 진행되는 덕분인가요?"

물론 그녀의 말이 옳았다. 어쨌든 부분적으로는 옳았다. 발판에 서서 위대한 작품을 마주 보며 그 작품의 창조자와 유대감을 느끼고, 암흑에 빠져있던 그 작품의 400년이라는 시간을 되돌리는 마술 같은 작업을 총책임지는 일종의 기획자라는 으쓱한 기분에 빠져있었다. 하지만 그것이 다가 아니었다. 이곳에는 이 날씨와 풍경, 울창한 숲, 길가의 무성한 풀과 야생화가 있었다. 화이트 호스 계곡에서 남쪽을 보아도 북쪽을 보아도 신비로운 시골의 경계라 할 야트막한 언덕이 이어져 있었다.

나는 이제 일요일마다 엘러벡 가족의 집에서 점심

을 먹었다. 그들은 그것에 관해 몇 번이고 이야기를 나눴을 테고 나를 양의 우리로 데려올 가능성이 있는 사람, 좋은 방랑자로 판단했을 것이다. 누가 알겠는가? 어쩌면 그들은 단지 내가 마음에 들었고 내가 손님일 때는 굳이 격식을 차리지 않아도 된다고 생각했을 수도 있다. 진실이 뭐건 나는 8월 초 어느 특별한 한 끼를 지금도 기억한다. 우리는 주요리를 끝내고(그 집은 일요일에는 달콤한 푸딩을 내지 않았다) 차를 마시는데, 엘러벡 씨가 평소의 어조로 성스러운 순교에 관해 이야기하듯 이렇게 말했다. "음, 오늘 오후는 바톤 페리라오, 여보."

"감독관도 참. 당신 일정을 그렇게 짜면 어떻게 해요." 그의 아내가 발끈했다. "맬머비 6시 예배에 당신을 참석하게 하다니. 아침과 저녁에 각기 다른 예배당으로 당신을 배정하는 것도 충분히 고약해요. 그런데 오후와 저녁이라니 정말 너무 해요. 게다가 페리라니!"

"그 촌구석 페리라니!" 이렇게 일갈하는 엘러벡 씨에게는 그곳으로 서둘러 가고 싶은 기색이 조금도 보이지 않았다. "그래도 그런 작은 마을이 계속 예배를

볼 수 있게 해야 해요. 그곳에서 뭔가 일이 일어나는
곳은 예배당뿐이니까."

"당신은 너무 지쳤어요." 엘러벡 부인이 말했다. "당
신 나이에는 먼 데까지 가느라 자전거 페달을 밟을 게
아니라 푹 쉬어야 한다고요."

"그리고 아빠가 오는 중이건 가는 중이건 바람은 항
상 방해만 된다면서요. 항상 그렇게 말씀하시잖아요."
캐시가 불쑥 끼어들어 제 아버지가 안락의자에 더 깊
이 파고들게 했다. 나도 무슨 말을 하기를 바라는 분
위기를 느낀 나는 안됐다는 뜻으로 신음 같은 소리를
냈다.

"어쩌면 톰이 당신 대신 가줄지 몰라요." 엘러벡 부
인이 나를 돌아보며 희망적으로 말했다. 그날도 그녀
의 훌륭한 식사를 대접받았으니 내가 거부하지 못하
리라는 사실을 조금도 의심치 않는 눈치였다. "교회에
는 둘이나 셋밖에 없을 거예요."

"맞아요." 캐시가 가차 없이 맞장구를 쳤다. "겁낼 거
없어요. 그렇죠, 아빠?" 아빠가 늘 거기에는 덩치 큰 농

장 일꾼과 꼬맹이 두셋에 오르간을 치는 루시 사이크스 언니밖에 없다고 하셨잖아요. 버킨 아저씨는 공부를 아주 많이 하셨으니까 그런 시골 사람들이라도 문제없이 상대하실 수 있죠?" 아이의 말에 나는 그저 그런 자유형 레슬링 선수가 낼 법한 소리를 냈다.

엘러벡 씨는 선뜻 나를 도우려 나서지 않았다. 오히려 그는 질문을 하는 듯한 표정으로 나를 바라보며 이렇게 말할 뿐이었다. "톰의 다리가 내 것보다 더 젊다는 사실은 부인할 수 없지."

"아빠의 자전거를 타고 가셔도 돼요." 캐시가 신속하게 돌파구를 뚫으며 말했다. "삼단 기어가 있고 체인에는 기름탱크가 달려 있어요."

공격은 쏜살같았고 내 방어는 너무 앞서나가는 바람에 급조한 반격 이상을 하기에는 역부족이었다. "저는 그런 일을 해 본 경험이 전혀 없습니다." 내가 거절했다. "설교! 아니면 기도! 큰소리로 하는 기도, 그런 거 말이에요." ('큰소리로'라고 덧붙인 건 양심의 가책 때문이었다. 나는 폭탄이 빗발치는 참호에서 기도를 나불나불 잘만드렸기 때문이다. 내가 그 매우 특별한 기도자들 가운에 한 명을 흉내 내고 싶었다면, 바톤 페리는 말할 것도 없고 그 '어느' 예배당에서도 들은 적 없는 엄청난 기도를 할 수 있을 것이다.)

"아저씨가 무슨 일을 하시는지를 그 사람들에게 들려줘도 돼요." 캐시가 부추겼다. "정말 재미있어할 거예요. 페리에는 벽화 같은 게 없거든요."

"하지만 기도가…." 내가 말꼬리를 흐렸다.

"주님이 당신의 입에 말을 넣어주실 거요." 엘러벡 씨가 자신의 뜻을 관철하기 위해 평소의 중립적인 태도를 내팽개치며 말했다.

주님은 그에 대한 해답을 하나도 해주지 않으셨다. 그리고 무조건적인 내 항복의 증표로, (공명정대한 태도를 잘 지키던) 에드거가 내게 자전거를 탈 때 바지를 묶는 밴드 한 쌍을 찾아 주었다.

그전까지만 해도 나는 에드거를 꽤나 좋아했다.

4마일 떨어진 곳에 있는 바톤 페리는 아무런 특색도 없는 길을 따라 서 있는 마을이었다. 길가의 농가들은 밭 길이만큼 뒤로 물러나 있었다. 배수구나 배수로에서 흘러나오는 물을 처리하는 넓은 제방이 먼지가 자욱하게 이는 길을 따라 이어지다가 강의 끄트머리에서 멈췄다. 그곳에는 시골집 몇 채와 거룻배를 묶어두고 위에 종을 달아 놓은 땅딸막한 기둥, 그리고 오리 깃털이 떨어져 있는 풀밭에 세워진 끽해야 커다란 방 정도 크기인 벽돌 예배당이 하나 있었다.

나는 늦지 않게 도착했는데, 갈색 얼굴에 건강해 보이고 임신을 한 듯한 젊은 여성이 이미 문가에서 기다리고 있었다. 그녀는 얼굴이 예쁘장했지만 몹시 부끄러움을 탔다. 엘러벡 씨가 몸이 좋지 않아 부족하지만 내가 대타로 왔다는 이야기를 영 미덥지 않게 늘어놓는 동안, 그녀는 내 시선을 피해 강과 그 너머에 있는 도로만 바라보았다. 그녀는 내 말을 다 들은 후 아무말도 하지 않았고 내가 전해준 소식에 크게 실망한 것같지도 않았다. 다만 나를 예배당으로 안내하며 찬송가 번호를 물어보았다. 나는 그 문제는 그녀에게 맡기겠지만, 이왕이면 절마다 후렴이 있는 긴 곡으로 골라

주면 고맙겠다고 말했다.

그곳에는 신도석이 고작 여섯 개밖에 되지 않았는데, 니스를 칠한 거대한 설교단 주위를 에워싸듯 놓여 있었다. 설교단에 오르니 위치가 높은 덕에 신도석 뒤쪽 창문으로 환상적인 강의 전망이 눈에 들어왔다. 내 머리 뒤로는 거대한 시계가 신도들의 관심을 나와 공유하거나 아예 독차지할 것 같았다. 그 후 나는 구약과 신약에서 아주 긴 챕터 두 개를 찾아 가름끈을 끼워 두었다. 요란하게 똑딱거리는 시계는 내 심장 박동보다 훨씬 더 느리게 가는 것 같았다. 오르간 주자는 아무런 소리도 내지 않고 튼튼한 갈색 손을 허벅지 위에 올리고 고개를 숙이고 있었다. 기도를 하는 것 같지는 않았다. 날씨가 너무 더워서 슬슬 땀이 나기 시작했다.

정해진 시간에서 단 1초도 어김없이 주근깨 꼬맹이 둘과 얼굴이 붉그레한 청년, 영감님 한 명이 안으로 들어와 양떼처럼 설교단 아래로 모여들었다. 그러자 나는 첫 번째 찬송가를 부르자고 했다. 〈만 입이 내게 있으면 내 구주 주신 은총을 늘 찬양하겠네〉. 인원이 몇 명 되지 않는 것치고 찬송가를 부르는 목소리는 놀랄 정도로 우렁찼다. 뒤이은 기도는 될 대로 되라 싶은 침묵에서 침묵으로 힘겹게 나아갔다. 주님이 내 입에 할 말을 넣어주실 것이라던 엘러벡 씨의 장담을 주님은 실현해 주실 마음이 전혀 없는 것 같았다. 그럼에도 나는 내 것이라기엔 그분의 책임인 것 같은 차마 입에 올리기 힘든 죄악(이때 나는 파스샹달 전투를 떠올리고 있었다)들을 용서해달라는 간청을 단념한 채 속마음을 숨기기 위해 걸핏하면 주님과 여러분을 찾으며 더듬더듬 기도를 했다. 나는 아무도 기만하지 않았다. 눈을 한 번 떴는데, 오르잔 주자의 굽은 어깨가 살짝 떨리는 것이 보였다.

4번 찬송가(〈면류관 가지고〉)를 우렁차게 다 불렀을 때, 나는 비겁하지만 설교자 행세를 관두기로 마음을 먹었다. 설령 나로 인해 그 역장이 철도 당국에 곤란한 입장이 된다고 해도 말이다. "잠시 제 말을 들어보십시오." 나는 꽤 열정적으로 선언하듯 말했다. "저는 빈자리를 메꾸러 왔을 뿐입니다. 설교라는 걸 한 번도 해

본 적이 없고 앞으로도 절대 할 일이 없을 겁니다. 차라리 여러분에게 제가 옥스갓비에서 무슨 일을 하고 있는지 말씀드리겠습니다. 이대로 돌아가시든 남으시든 저는 다 괜찮습니다." 그들은 차라리 그편이 더 낫다고 생각했는지 지대한 관심을 가지고 내 이야기를 들었다. 실제로 아이들은 손을 들어 조리 있는 질문을 몇 가지 던지기도 했다. 이야기가 끝나자, 두 아이의 할아버지가 분명한 영감님은 내가 이야기한 벽화를 볼 수 있도록 마차로 데려다주겠다고 아이들에게 약속했다.

그들이 각자 뿔뿔이 흩어지자 나는 오르간 주자에게 감사 인사를 했다. 그녀가 예배당의 문을 잠그는 동안 나는 자전거 클립을 바지에 채웠다. "집에서 차를 드시고 가세요." 그녀가 말했다.

"음, 저를 기다리고 있을 거예요." 대답은 그렇게 했지만 생각은 좀 달랐다. '안 될 게 뭐야? 나중에 한번 만나자고 할 수도 있지 않을까?' (나는 그때 여자가 몹시 그리웠다.) 그래서 이렇게 덧붙였다. "하지만 저도 가고 싶군요. 이런 열기에는 차를 한잔 마셔야 하니까요. 엘러벡 가족도 이해해 줄 겁니다."

그녀는 박공벽이 도로로 향한 농가에서 살았다. 그리 큰 집은 아니었다. 진홍색 접시꽃들이 석회벽을 밀어붙이듯 만발했고 벨벳 같은 나비들이 나른하게 이 꽃에서 저 꽃으로 팔랑팔랑 옮겨 다녔다. 테니슨의 시에 나올법한 날씨였다. 나른하고, 따스하고, 부자연스러울 정도로 고요했다. 그녀의 아버지와 어머니는 런던 사람은 처음 봤다며 내가 몹시 환영받는 기분이 들게 해주었다. 그들은 내게 이 지역에서 나이프-그리고-포크 '파티'라고 부르는 음식을 대접했다. 그러니까 갈고리에 걸린 햄과 두툼한 사과 파이, 혀를 델 정도로 뜨거운 차 말이다. 이야기를 나누는 도중, 내가 (그들의 표현을 빌리자면) '그곳'(1차 세계대전에 참전했다는 말이다―옮긴이)에 있었다는 말을 하자 그 가족은 내게 많이 먹으라며 음식을 자꾸 더 권했다. 그때 나는 피아노 위에 세워놓은 액자에 담긴 젊은 병사의 사진을 보았다.

"우리 아들이에요, 우리 퍼스." 사이크스 부인이 말했다. "퍼스가 떠나면서 마지막으로 사진을 찍었죠. 열아홉 번째 생일이었어요." 그 가족의 얼굴을 힐끗 보는 것만으로도 퍼스가 어떤 운명을 맞이했는지 더 물을 필요가 없었다. 마침내 돌아가려고 일어섰다가 실내를 가로질러가 사진 속 퍼스를 좀 더 자세히 살펴보았다. 그는 땅딸막하고 솔직해 보이는 얼굴에 유쾌한 인상의 청년이었다. 그의 아버지가 내 옆으로 다가오더니 내 어깨너머로 아들 사진을 보았다. "퍼스는 정말 착하고 좋은 아이였다오." 그가 말했다. "진짜 일꾼이었지. 누구든지 선뜻 도와줬고. 모두 퍼스를 좋아했어요."

제방을 따라 인적이 없는 도로로 돌아가는 길에 물길처럼 바람에 휩쓸리는 옥수수 들판 사이에서 나는 별안간 소리를 질렀다. "야, 이 빌어먹을 자식아! 당신은 끔찍하게 빌어먹을 자식이야! 애초에 이런 일을 시작할 필요는 없었잖아. 하기 전에 멈출 수 있었잖아. 신! 웃기시네. 이 세상에 신 같은 건 없어." 울타리 너머에서 풀을 뜯고 있던 말 두 마리가 고개를 들더니 히힝 울었다.

"페리에서는 어땠어요?" 그날 저녁 맬머비에서 돌아온 엘러벡 씨가 내게 물었다.

"음, 한 가지 교훈을 얻었습니다." 내가 대답했다. "저는 설교자로는 소질이 없더군요. 설교에 대해 불만이 접수되면 역장님 상관이 한소리 하려고 오실 겁니다."

"아저씨가 루시 언니네에서 차를 마셨어요." 캐시가 소리쳤다. "언니가 아저씨를 초대했어요. 아저씨는 그 후로 입을 꽉 다물었는데, 언니를 보고 사랑에 빠졌기 때문이에요."

"아주 건강하고 착한 아가씨죠." 엘러벡 씨가 말했다. "페리에 있는 그 낡은 오르간으로 훌륭하게 연주를 하고요. 기독교인으로 잘 자랐어요. 주일학교 기념일에 루시를 초대해야겠어. 그러면 당신이 루시를 다시 만날 기회가 생기지 않겠소?"

엘러벡 가족은 내가 결혼을 했을 수도 있다는 생각은 끝내 떠올리지 못한 것 같았다.

런던에 있을 때 나는 옆집 가족과 마주치면 종종 이야기를 나누었고 맞은편 집에 사는 부부와는 고개를 까닥하며 인사를 나눴다. 하지만 그 이외의 이웃과는 누구와 스치든 누군지 알아보지 못했다. 그런데 옥스갓비에서는 내가 바톤 페리에서 설교를 한 지 꼬박 하루도 지나지 않아 사이크스 씨의 집에서 차를 마셨다는 사실을 모두 알게 되었다.

"아가씨들을 만나려고 주변 마을을 찾아다닌다는 이야기를 들었어. 옥스갓비에 정착하기로 한 거야?" 문이 심술궂게 말했다. "자네가 유부남이라는 사실을 절대 들키지 마. 여기 남자들 둘 중 하나는 산탄총을 가지고 있으니까."

앨리스 키치조차 소문을 들었다. 그렇지만 그녀는 장래 희망이 화가였느냐는 질문으로 대화를 시작하더니 끝에 가서야 그 화제를 에둘러서 꺼냈다.

"아뇨." 내가 대답했다. "그런 생각은 해 본 적도 없어요. 내가 뭐가 되고 싶은지도 몰랐는걸요. 대신, 하기 싫은 일이 뭔지는 확실히 알았어요. 나는 엔진 운전

자나 경찰, 집세수금원은 되기 싫었어요. 바다와 관련된 일은 아무것도 하고 싶지 않았고요."

"성직은요? 당신이라면 좋은 성직자가 되었을 거예요."

"맙소사! 정말 그렇게 생각해요? 내가 절대 잘할 수 없는 일이에요. 제 취향이 절대 아니에요."

"하지만 당신은 잘 듣잖아요. 당신은 정말 잘 들어줘요. 잠자코 있는 법도 알고요. 사람들이 당신과 있으면 뭔가 굳이 말을 해야 한다고 느끼지 않는다는 걸 설마 모르세요? 그러니까 정적을 채우려고 아무 말이나 하는 거 말이에요. 당신은 늘 귀담아 잘 들었나요? 어릴 때도요?"

"누나들은 내게 귀가 너무 크다고 했죠. 내가 '너무' 잘 듣는 사람이라는 뜻으로요. 미안해요. 지금 이런 이야기를 하시는 게 아니라는 걸 알아요. 음, 아마 그랬나 봐요. 내 어머니는 말수가 적은 분이셨어요. 한 시간 동안 앉아서 옷을 깁거나 구멍 난 곳을 메우실 때면 늘 잠자코 일만 하셨어요. 가끔 어머니는 입을 오므

리며 우리 쪽을 힐끗 보시곤 했죠. 그러다가도 누가 학교에서 속상한 일을 당했으면, 어머니는 이야기를 다 들으신 후 질문을 한두 가지 하셨어요. 그러면 결국 우리는 스스로 해답을 찾았다는 걸 깨닫게 되죠. 이런 것을 말씀하시는 거죠?"

"그래요." 그녀가 대답했다. "바로 그 말이에요. 나도 그분을 알았으면 좋았을 텐데. 그리고 버킨 씨. 성직으로 돌아가서. 페리에서 엄청난 성공을 거두셨다고 들었어요…."

그녀는 돌아가려고 신도석에서 일어나며 이 이야기를 꺼냈다. "그리고 사랑에 빠지셨다는 이야기도요." 그녀는 내가 대꾸도 하기 전에 가버렸다. 그녀의 명랑한 웃음소리가 열린 문으로 흘러들어왔다.

음, 그녀가 옳았다. 나는 사랑에 빠졌다. 하지만 그 대상은 사랑스러운 루시 사이크스가 아니었다.

내가 그 비계에서 수많은 시간을 보내면서 무슨 생각을 했을지 궁금할 것이다. 음, 작업 생각을 한 것은 분명하다. 내 손길을 거쳐 서서히 실체를 드러내는 거대한 그림 말이다. 하지만 내가 서 있는 곳에 서 있었을 이름 모르는 그 사람에 대해서도 생각했다. 그의 솜씨에 대해서만 생각한 것은 아니다. 물론 그의 솜씨에는 내 흥미를 극도로 잡아끄는 것들이 있었다. 이를테면, 그는 손을 그리는 솜씨가 매우, 매우 훌륭했다. 특히 관절과 손목 부분은 탁월했다. 그가 그린 손들은 서로에게 말을 걸고 대답을 받았다. 하지만 발을 잘 그리는 재주는 없었다. 발 이야기는 이쯤으로 하자. 어쨌든 나를 매료시킨 점은 그의 기벽이었다. 가령, 그는 야비한 인상을 주려고 도상학 규칙을 무시하면서까지 남자의 입꼬리를 들어 올려 그리거나 의상 테두리에 적힌 꾸밈음에 빠른 느낌을 주기 위해 옆으로 돌려 그렸다. 게다가 이런 일을 심심찮게 했다.

그리고 이 마지막 추락하는 남자의 수수께끼가 늘 곁을 맴돌았다. 사이몬 마구스일까? 성령을 돈으로 사려고 했던 그 사람? 그의 고난은 문서로 잘 정리되어 있다. 당국은 그를 고난에 처하게 했다. 당국의 방침을 따르시오! 아무튼 따르시오! 하지만, 만약 그가 악명 높은 배교자였다면, 왜 그렇게 열성을 다해 그를 그려 넣었으며 왜 나머지 부분보다 훨씬 더 앞서 회칠을 해 버렸을까? 그리고 왜, 대체 왜 지옥으로 추락하는 사람이 그 '자신'이었을까? 화가가 아는 사람이었나? 그 그림은 일가친척이 알아볼 초상화나 다름이 없었고, 화가는 왜 그 그림이 채 마르기도 전에 대중이 볼 수 없도록 그림을 숨겼을까? 이제는 이런 질문을 하기엔 몇백 년이나 늦어버렸다.

"거기 두 사람 사이좋게 잘 지내고 있어?" 문이 내 벽을 향해 손을 흔들며 이렇게 묻곤 했다. "그 사람이 자네 목덜미에 숨을 내뿜고 옆구리를 쿡쿡 찌르는 걸 느끼나? '훌륭한 청년이군, 버킨! 정말 훌륭해!' 이제 그를 꽤 잘 알겠군. 어서 말해 봐. 그 사람에 대해 들려 줘. 그 사람은 어떤 사람이었어?"

그 사람이 어떤 사람이었냐고! 나는 하다못해 그의 이름도 몰랐다. 사람들은 이렇게 아득히 먼 과거의 사람을 이해하지 못하는 것 같다. 그들은 간단히 말해 우리가 아니다. 우리가 생각하는 개인적 명망은 그들에게 낯설었다. 예를 들어, 이 남자는 자신보다 먼저 활동한 이전의 화가들에 대해 아무것도 몰랐다. 그러니 왜 그를 궁금해하는 사람들이 있다고 생각하겠는가? 그 결과 그는 자신의 작품에 서명해야 한다는 생각도 들지 않았을 것이다. 백 년, 적어도 백 년은 된 벽화들 가운데 내가 아는 서명은 단 하나뿐이다. '앰프니 크루시(코츠월드의 마을이자 교구 — 옮긴이), 몰메스베리의 토머스.'

그리고 그가 죽은 후 500년 동안 그의 작품이 세세하게 관찰되었을지 모른다고 생각하면 터무니없는 발상이다. 그가 살던 시대에는 유행이 변하듯 건물을 50년 만에 한 번씩 대대적으로 재건축했다. 그러므로 이 남자는 자신의 그림이 길게 잡아봐야 두 세대 이상은 존재하지 않을 거라고 계산했을 것이다.

"그 사람은 어떻게 생겼을까?"

아하, 그것은 다른 문제였다. 나는 그에게 얼굴을 만들어 줄 수 없었다. 하지만 그가 금발이었던 것은 안다. 그의 턱수염이 끈적거리는 물감에 닿았을 부분에서, 특히 그가 아마씨 기름을 용해제로 쓴 적토류로 윤곽을 그린 곳에서 털이 자꾸 나왔다. 그 털은 붓털로 착각할 리 없었는데, 붓털은 길이로 알아볼 수 있기 때문이다. 붓털의 길이는 1인치 정도인데, 아무리 길어도 1인치 반을 넘지 않았다. 대략적으로 거칠게 채색을 할 때는 암돼지의 빳빳한 털을 쓰고 정밀하게 그려야 할 때는 오소리의 회색털을 쓴다.

"음. 꽤 인상적이군. 세상을 먼저 떠난 우리 형제에 대해 또 어떤 사실을 알아냈어?"

"오른손잡이, 체격은 자네 정도—6피트 높이에 닿기 위해 의자에 올라서야 했어—그가 무릎을 꿇거나 쪼그리고 앉아서 작업한 부분들에 대해서 내가 맞게 판단했다면 알아낸 건 그 정도야. 그게 다지. 음, 아마 수도원에서 살았을 거야. 내 추측일 뿐이지만, 그가 그린 손은 수도승의 손이 긴 침묵 속에서 말했을 것처럼 말을 해. 오, 마지막으로 하나 더—그 사람은 제자에게 맡기지 않았어. 혼자 다 했어. 예외라면 제일 아랫

부분, 여기 지옥 한구석뿐이야. 봐, 알 수 있을 거야. 터치가 거칠잖아. 이 부분은 그냥 색만 채워 넣으면 되니까. 결승선이 코앞인데 왜 제자에게 일을 넘겼는지 이해가 안 돼."

"빌어먹을 내 돌에서 얻은 정보보다 더 많군." 문은 이렇게 말했다. 그리고 가버렸다.

그랬다, 이 벽화는 그의 '위대한 작품'이었다. 그가 이 작품 전에 어떤 일에 고용되었든 그것은 이 작품을 위한 예행연습일 뿐이었다. 그는 이곳에서 땀을 흘리고, 침대에서 몸을 뒤척이고, 신음을 뱉고, 그림을 놓고 법석을 떨었다. 그 구멍 난 손들, 그 고통에 몸부림치는 손가락들.

"그리하여 시뻘건 상처를 입은 채 그가 올 것이다…."

잠깐, 나는 왜 불길의 마지막 부분이 그의 솜씨가 아닌지 알겠다. 이 벽화는 그의 마지막 작품이었다. 그는 할 만큼 했고 더는 그림에 매달릴 수 없었다. 그는 모든 것을 버리고 떠났다. 아니, 그 시절에는 다 버리고 떠나고 싶어도 그럴 수 없었다. 사람들이 화가를 다시 끌고 와 기어이 작업을 끝내게 했을 것이다. 그러므로 그는 작업하던 중에 숨졌다고 봐야 했다. 그런데 그의 붓질은 마지막까지 굳건하고 자신만만했다. 마치 시작했을 때처럼 마지막까지도 그는 건강했다.

다음 순간 나는 깨달았다. 몸을 돌리고 비계의 가장 자리로 물러나서 돌판을 깐 바닥을 보았다. 그는 추락했다.

이럴 수가! 나는 서둘러 사다리를 내려와 교회를 뛰쳐나갔다. 문은 자신의 텐트에 거의 다 다다르고 있었다. "그는 추락했어." 내가 그의 등에 대고 소리쳤다. "이 벽화가 그의 마지막 작품이었어. 그는 추락한 거야."

문이 돌아서더니 그제야 내 말을 이해한 듯 빙그레 웃었다. "알았어." 그도 소리쳤다. "그러니까 발 조심해."

이튿날 앨리스 키치가 티타임 무렵에 왔지만 나는

사다리에서 누군가의 기척을 느낀 때에야 비로소 그녀가 왔다는 걸 알아차렸다. "나를 멈추기에는 너무 늦었네요." 그녀가 말했다. "여기에 와 버렸어요." 그러더니 그녀는 한동안 말을 하지 않았다. 그녀가 입을 열었다면 더 놀랐을 것이다. 가까이 붙어 서서 얼굴을 마주한 채 있으니 내 벽은 그녀에게 압도되었고 그녀는 내 벽에 압도되었다. 그녀가 숨을 헉 들이쉬는 소리가 들렸다. 그러더니 그녀가 말했다. "지옥을 믿으시나요, 버킨 씨?"

지금 그런 생각을 한 거야? 지옥? 파스샹달 전투는 지옥이었다. 몸이 갈기갈기 찢어지고 머리가 날아다녔다. 공포가 사방을 기어 다니고, 공포가 비명을 질렀다. 말할 수 없는 공포가! 세상이 진창이 되었다. 하지만 그녀가 염두에 둔 지옥은 성경 속 지옥이었다. 언제까지나 계속되는 지옥이자 끝없이 고통에 신음하는 지옥. 그래서 내가 대답했다. "음, 그건 상대적이죠. 지옥은 사람마다 다르고 같은 사람이라도 때에 따라 또 다르니까요."

그녀는 되묻지 않았다. 그때 그녀는 내 마음을 읽었다고 맹세할 수 있다. 그녀는 '알았다.' "그렇다면 지상의 지옥은 어떤 곳일까요?" 그녀가 물었다.

나는 그런 지옥을 보았고 그곳에서 살았으며 다행스럽게도 그들이 출구를 열어두었노라고 대답했다. 우리는 한참 아무도 선뜻 입을 열지 않았다. 나는 지옥에서 보낸 계절에 대해 무슨 말이라도 해야 한다고 생각했다. 우리가 그 피바다에서 끌려 나왔을 때 삶은 우리가 기억했던 것보다 더 빛나고 밝아 보였기 때문이다. 우리는 죽음으로 내려간 전우들을 져버렸다. 바로 그날이었다. 한밤중 어둠 속에서 그들이 잠시 돌아왔지만, 우리는 여전히 그 모습인 그들의 일부가 되고 싶지 않았다. 그들의 세상은 우리와 달랐다―지옥이었다. 당신이 그곳을 그렇게 부르고 싶다면.

그리고 비니가 있었다. 또 다른 지옥이었다. 그러나 나는 그 구덩이에서 기어 나아왔으며 이곳 옥스갓비에서는 삶이 쏟아져 들어와 손끝이 따끔거렸다. 이곳은 내게 생긴 일을 내게서 들은 것 이상으로는 알 길

없는 낯선 사람들의 세상이었다.

"그래요?" 그녀가 되물었다.

"네." 내가 대답했다. "나는 그곳에 있었어요. 내 머릿속에 그곳의 지도가 있죠. 문 씨가 내 말이 사실임을 증명해 줄 겁니다. 그들은 우리를 계속 그곳으로 돌려보냈고 그 지옥은 이 친구의 지옥보다 더 지독했죠." 하지만 이렇게 말을 하는 와중에도 나는 그녀가 원하는 대답을 못 받았다는 사실을 알았다. 그녀가 그런 질문을 던진 건 성경의 지옥 때문도 아니었다.

"오." 그녀가 말했다. "죄송해요. 어리석은 질문이었어요…."

그 순간 기회가 내 손에서 미끄러졌다. 나는 손을 내밀어 그녀의 팔을 잡고 이렇게 말했어야 했다. "여기 내가 있어요. 물어봐요. 자. 진짜 묻고 싶은 게 뭐죠? 말해요. 내가 여기 있는 동안. 너무 늦기 전에 물어봐요."

아마 그녀도 이 사실을 깨달았을 것이다. 몸을 돌려 사다리를 내려가면서 이제 가봐야 한다고 웅얼거리듯 말한 것을 보면 말이다. 그녀는 사랑스러웠다. 수줍음을 타고 야생동물처럼 쉽게 놀랐다. 그자는 어떻게 그녀를 얻었을까? 덫을 놓았나? 위압적으로 굴어서? 두 사람의 첫날밤은 어땠을까? 침대 옆에서 처음으로 무릎을 꿇었을까? 호텔 방의 암흑을 쏘아보는 검은 눈동자. 그녀는 그때까지 결혼이 어떤 것인지 전혀 몰랐을 수도 있다. 하지만 누가 알겠는가. 분명 키치에게서 우리가 알아본 것보다 그녀가 그에게서 더 많은 것을, 훨씬 더 많은 것을 보았을 것이다. 남편과 아내 사이에 벌어지는 일만큼 은밀한 것도 없으리라.

나는 그녀를 따라 내려갔다. "갓 낳은 달걀 몇 개를 가져왔어요." 그녀가 말했다. 이윽고 그녀가 마을로 돌아가자 나는 문의 텐트로 갔다. 우리는 저녁 햇빛을 받으며 풀밭에 함께 앉았다. "그래서?" 그가 물었다.

"키치 부인과 지옥에 관해서 이야기를 나눴지."

그가 웃었다.

"지옥을 자주 생각해?" 내가 물었다.

그가 입술을 쑥 내밀며 콧잔등에 잔주름을 만들더니 자신의 손바닥을 보았다. 그러더니—그의 태도가 평소와는 달랐다—그가 나를 똑바로 바라보았다. "자주." 그가 말했다 "특히 밤에. 힘든 시간대지. 자네는 창문을 열어놓으니 한밤에 내 소리를 들었을 거야." 그는 형식적인 동정도 질문도 없으리라는 사실을 알았다. "그럴 때면, 시간이 흐르고 더 먼 과거 속으로 가라앉으면 나아질 거라고 자신에게 말하지. 이제 우리는 달라졌어. '우리'는 그걸 알아. 우리는 다 서로 다른 사람이지. 아내들이라면 알지도 몰라. 그래, 당연히 알 거야. 사람들도 이해해 주겠지. 교직으로 다시 돌아간 남자를 만난 적이 있어. 그 사람도 통신병이었어. 전장의 한가운데에 홀로 남겨져 오로지 자신의 포대와 교신으로만 이어져 있었어. 그 사람에게 들었는데, 첫 4주 동안 학생이 책상 뚜껑을 쾅 하고 닫는 소리만 나도 곧장 바닥으로 몸을 날렸어. 처음에는 사람들이 킬킬거렸지. 그러다 더는 비웃지 않게 되었어. 그저 공포에 질린 눈빛이나 동정 어린 눈빛으로 그를 바라볼 뿐이었지. 결국에 가서 사람들은 못 본 척했대.

　나? 한창 전투가 벌어지는 동안 이렇게 생각히곤 했

어. 좋아, 우리는 지금 그림자 속에 있어. 하지만 언젠가 느닷없이 심판이 호각을 불어 경기가 끝났다고 알려야 할 때가 되면 상황은 달라질 거야. 우리는 이곳에서 저곳으로 가겠지. 하지만 당연히 그런 식일 리가 없어, 안 그래? 그냥 저절로 그렇게 돼야 하는데, 그래서 나는 내가 아직도 미쳤고 앞으로도 그럴 거라는 사실을 늘 떠올려." 그가 웃었다. "자네도 그런가?"

답을 들으려고 한 질문은 아니었다. 그가 이야기를 하는 동안 내 한쪽 얼굴에서 경련이 시작되었다.

"자네가 처음 왔을 때만큼 심하지 않아." 그가 말했다. 내가 얼굴을 붉혔지만, 그는 계속 말을 이었다. "그 증세가 일어날 때 자네가 알아차리는 것 같지 않아. 어쨌든 옥스갓비 덕분에 그 증세가 한결 가벼워지나 봐."

우리는 말 없이 잠시 앉아 있었다. 어스름이 내려앉자 청년 몇이 들판으로 나와 어슬렁거리며 시간을 보내기 시작했다. 선로공 한 명이 역으로 가는 길을 따라 자전거를 밀며 갔다.

"가끔 나는 반쯤은 그 일이 일어나기를 바랐어." 문

이 말했다. "이만하면 충분하다고 생각한 적이 몇 번이나 있었어. 내가 무슨 말을 하는지 알 거야. 내 신경이 완전히 망가졌다고 확신하고 누워서 포탄이 떨어지기를 기다렸던 때 말이야. 어떨 때는 끔찍하게도 돌격을 하도록 나 자신을 밀어붙일 수도 없었어. 너무 많은 사람이 세상을 떴어. 내가 좋아했던 친구들. 가끔 그들이 행운아인 것만 같아. 이제는 그들에 대한 기억도 점점 희미해져…. 기억이 점점 사라지고 있어."

나는 사다리 꼭대기에 있는 위대한 그림을 떠올렸다. 하지만 그들의 지옥은 우리의 지옥과 완전히 달랐다.

달이 두둥실 떴고 미풍이 불어와 물처럼 하얀 보리밭에 서 있는 나무들의 그림자를 휘저었다.

"내 말 좀 들어봐." 문이 말했다. "우리는 쉬어야 해. 빌어먹을 우리는 세경을 받는 노비가 아니라고. 그들이 우리에게 돈을 퍼주는 것도 아니잖아. 현재의 하루를 지나간 시간에 대한 배당금으로 생각하자. 모숍에게 미리 이야기를 해봐야겠어. 내일 우리는 휴가를 갈 거야."

그래서 다음날 우리는 작업 도구를 모두 내려놓고 모숍이 일하고 있는 드넓은 들판으로 떠났다. 아침부터 열기가 대단한 날이었다. 보리 이삭이 부러질 것처럼 고개를 푹 숙이고 있었다. 맹세하는데, 공기 중에서 오븐 냄새가 나는 것 같았다. 이슬이 다 마를 즈음 수확 기계가 반짝거리며 배처럼 미끄러져 들어와 활기 넘치게 보릿단을 던지기 시작했다. 그러면 우리는 그 보릿단을 차곡차곡 쌓았다. 맙소사, 엉겅퀴들이 어찌나 많던지! 얼마 정도 시간이 지나자 나는 보릿단을 마구 뒤섞기 전에 손으로 단단히 잡을 수 있는 부분이 보이도록 보릿단을 발로 차올리는 법을 터득하게 되었다. 나는 머리는 머리대로, 그루터기는 그루터기대로 방향을 맞추며 모아서 그중 네댓 쌍을 들고 쌓아둔 보릿단으로 가져갔다. 점점 거세지는 열기 속에서 땅바닥이 죽죽 갈라진 들판을 왕복하다 보니 어느새 정오가 되었다. 쌓아 올린 보릿단의 그림자는 새까만 끄트머리 정도로 짧았다. 마침내 점심시간이 되었다("아내가 두 신사분도 같이 드시라고 했어요"). 토끼감자 파이를 먹고 힘이 난 우리는 다시 작업을 시작했다. 어느덧 4시가 되자 '간식'이 왔다. 푸른자두파이와 깡통에 담은 혀를 델 정도로 뜨거운 차였다.

마침내 어스름이 내려앉아 구름의 까만 윤곽 위로 제일 먼저 뜬 저녁 별이 반짝거릴 즈음 우리의 작업은 끝이 났다. 캐시 엘러벡이 들판 입구 옆 길가의 높이 자란 풀밭에서 우리를 기다리고 있었다. "내일 주일학교 소풍을 잊지 마세요." 아이가 말했다. "다우스웨이트 씨가 아저씨가 오시기를 기다리고 있어요. 아저씨가 지켜봐야 할 말썽꾼들이 오니까요."

나는 오늘 하루 휴가를 보냈다고 주장해봐야 소용이 없었다. 캐시는 가차 없었다. "여기 문 아저씨가 가면 어떨까? 소풍을 함께 즐길 수 없을까?" 대답은 '노'였다. 그는 올 수 없었다. 소풍은 지금까지 보여준 봉사에 대한 보상인데 문은 아무런 봉사도 하지 않았기 때문이다. "어차피." 아이가 이렇게 말했다. "문 아저씨는 국교회잖아요."

"그걸 네가 어떻게 아니?" 내가 물었다. "내가 아는 한 문은 아무 데도 안 가는데."

"말을 할 때 콧소리를 내는 걸 보면 알죠." 아이가 대답했다. "잘난 상류층!"

"오." 문이 대꾸했다. "그러면 너는 모음 발음을 들으면 그런 것을 다 아니? 자선단체는 어때? 그 사람들은 다 기독교가 아닌…."

캐시는 종교를 놓고 논쟁을 하지 않을 정도로 분별력이 있었다. 어리기는 해도 이런 논쟁은 결국 온갖 동의할 수 없는 결론들로 이어진다는 사실을 아는 것이다. 그래서 문도 자신의 문장을 완전히 끝맺지 않았다. "그게 규칙이에요." 캐시가 말했다. "그리고 버킨 아저씨는 작업을 거의 다 끝내셨지만, 아저씨는 수고비를 받고 찾기로 한 걸 아직 못 찾으셨잖아요."

"페리에 사는 사이크스 양도 오니?" 문이 반격을 위해 주제를 바꿨다.

"그 사람들은 자기들끼리 소풍을 갈 거예요." 캐시가 짧게 대답했다. "늦지 마세요, 버킨 아저씨. 아저씨를 데리러 마차가 여덟 시에 갈 건데, 오래 기다려주지 않을 거예요."

　이튿날 아침 나는 사다리에 '오늘 밤에 돌아옵니다.
안전하지 않음'이라고 쓴 쪽지를 압정으로 꽂아놓았
다. 그리고 빵과 차가운 베이컨을 입에 쑤셔 놓고 문의
들판을 헐레벌떡 가로질러 가장 가까운 길가로 달려가
그곳에서 사내아이 두 명을 데리고 마차를 기다리고
있는 부부와 합류했다. 연신 숨을 헐떡거리며 입에 든
음식을 우적거리는데, 길모퉁이 너머에서 말발굽이 또
각거리는 소리가 들렸다. 여전히 마차를 타고 다니는
시절이었건만, 그 소리가 환상적으로 신나게 들렸다.
　이윽고 말들이 도착했다. 밤색과 검은색의 말 등은
아침 햇빛을 받아 윤기가 자르르 흐르고, 장군의 가슴
에 달린 훈장처럼 안장에 메인 가죽끈이 번쩍번쩍했
다. 그들의 갈기는 애국 리본과 함께 땋았고 마구도 광
이 났다. 도로와 밭에 난 고랑에서 곧 사라질 마법처럼
멋진 위용을 자랑하는 말들. 그때 내가 그 사실을 알았
던가? 아닐 것이다. 옥스갓비의 그 누구도 몰랐을 것

이다. 그들은 어린 시절부터 야밤에 마구간 바닥을 또 각또각 밟는 소리와 대장간에서 불타는 발굽의 매콤한 냄새에 익숙했다. 그런 그들이 어떻게 고작 몇 년 후면 들판과 도로를 함께 썼던 자신의 동료들이 영원히 그곳에서 자취를 감추리라 내다볼 수 있었겠는가.

부모들은 평평한 사륜마차 중앙에 배치한 긴 좌석에 등을 댄 채 앉고 아이들은 옆으로 다리를 달랑달랑 내려뜨리고 앉아 있었다. 우리를 태운 마차는 두 번째 사륜마차를 만나 멈춰 섰다. 우리는 그 마차 사람들에게 따스한 인사를 받았다. 그들은 곧 날씨가 푹푹 쪄서 상의를 벗어야 할 거라고 말해 주었다. 몸이 아파 갈수 없거나 생경한 신념으로 우리와 함께 가지 않으려는 사람들에게 우리는 작별 인사를 외치며 또각또각 길을 떠났다. (그들처럼) 우리도 고대로부터 이어져 온 한 해 농사 주기의 일부이며 우리의 죽음이 곧 수확을 앞두고 있다는 증거라는 사실을 떠올리면서 말이다.

내가 너무 과장한다고? 그럴지도 모른다. 하지만 사람과 자연이 하나가 되고, 생명의 맥동이 거세게 뛰는 때가 있다. 생명이 약속으로 가득 차 있고 언덕을 향해 뻗은 길처럼 미래가 자신만만하게 앞으로 향하는 때가 있다. 음, 그때 나는 젊었다….

우리는 역에서 엘러벡 가족을 태웠다. 엘러벡 씨는 예배 간사이기에 마차의 제일 앞줄에 앉은 다우스웨이트 씨의 오른편에 자리가 마련되어 있었다. 이윽고 우리는 마을로 향했다. 마침 마을에 장이 서는 날이라 다른 마차들이 자갈 광장을 요리조리 빠져나가는 동안, 우리는 속도를 점점 줄여 걷는 것과 다름없는 속도로 가다가 가끔 아예 멈춰서기도 했다. 농부의 아내들은 집에서 만든 버터와 달걀을 담은 바구니를 발치에 두고 서 있거나 풋사과나 배, 패랭이꽃 다발을 비롯해 시골 사람들이 자신들의 과수원과 텃밭에 넘치도록 많이 가진 것은 뭐든 가지고 나와 팔고 있었다. 어떤 남자가 불독 한 마리를 흔들고 있었는데, 그 개가 구두끈을 꽉 물고 있었다. "이 개가 이 구두끈을 못 끊으면 여러분도 못 끊어요"라고 그가 소리쳤다. 어느새 다른 가판대에서 그날 아침에 구운 빵 냄새가 솔솔 나서

허겁지겁 먹은 아침으로는 허기를 달래기 부족했다는 생각이 들었다.

이윽고 우리는 다시 또각거리며 출발해 다리를 건너고 들판 사이를 달렸다. 누군가 내 옆구리를 쿡 찌르나 싶더니 어깨 위로 두툼한 소고기 샌드위치를 건네줬다. 모숍과 모숍 부인이 어서 먹으라는 듯 내게 고갯짓을 했다. 나는 뱃속에 거지가 들어앉은 사람으로 유명해진 모양이었다.

"여기서 뭐 하세요?" 내가 물었다. "국교회시잖아요."

"아니에요." 그가 대답했다. "나야 이쪽저쪽 다 가죠. 어차피 마을 사람들은 대부분 마지막 순간이 되면 내가 그들을 안식처로 데려가게 되니까요."

그날은 내게 있어 언제까지나 여름날 중의 여름날일 것이다. 구름 한 점 없는 하늘이며 풀과 양귀비, 유럽아룸이 무성한 도랑과 길가, 잎이 무성한 나무들, 들장미 울타리 위로 가지를 내민 과실수들. 우리는 서튼-언더-화이트스톤 절벽을 가리키는 표지판을 아랑곳하지 않고 여름 풍경 사이로 달려 마차를 탈 사람이

마당에서 부르면 마차에 먼저 탄 지인이 응답하는 킬
번의 둥근 기와지붕 집들로 향했다.

"저기 좀 보세요, 버킨 씨."

"어디요?"

"저기!"

그곳에는 가파른 경사면을 가로질러 유유히 산책하
는 듯한 거대한 '흰 말'이 보였다. 그 말은 그레이트 에
보르 핸디캡이나 비버리 셀링 플레이트에 말을 출전
시키는 의기양양한 마주들을 위해 그저 그런 화가들
이 작품당 1파운드 금화 두 닢을 받고 전력을 다해 그
린 거대한 말 그림 같았다. 그 지나치게 기다란 등과
가느다란 목은 마치 고대 세계 말들의 특징을 그대로
계승한 듯했다.

언덕을 올라가 양이 풀을 뜯는 들판에 도착하자 빌
버리 관목과 시들은 히스가 뿜어내는 냄새에 갈증이
느껴졌다. 그곳에는 해를 피할 만한 곳이 없었다. 그러
나 점심때였기에 아낙네들과 여자아이들은 삶은 달걀
과 기름종이에 싸고 다시 냅킨으로 단단히 싼 눅눅한

토마토 샌드위치를 꺼냈다. 잔가지를 모아 불을 피우고 주석 주전자에 차를 끓인 사람은 다우스웨이트 씨였다(웨슬리파 교인들 사이에서 권위를 얻고 싶다면 솔선수범해야 하기 때문이다). 잠시 후 그는 짧은 송가를 부르기 시작했다. 우리는 그 곡을 따라 부른 후 마침내 열심히 점심을 먹기 시작했다.

얼마 후 남자들은 멜빵이며 기다란 모직 속옷의 끈이 보이거나 말거나 대부분 상의를 벗었다. 그리고 덩치 큰 아이들처럼 주위를 뛰어다니며 아이들을 놀라게 했다. 연애 중인 커플들이 슬그머니 사라지고 아낙네들은 둥글게 모여 앉아 이야기꽃을 피웠다. 그렇게 먹고, 마시고, 졸고, 사랑을 나누다 보니 하루가 다 가고 저녁이 찾아오자 사람들은 말들을 목초지에서 끌고 왔다. 잠시 후 첫 번째 별이 나타나고, 제비들이 고사리 군락 위로 날아다니자, 우리를 태운 마차들은 '흰 말' 위에서부터 비탈을 내려가 계곡을 지나 집으로 향했다. 주일학교 소풍이 드디어 막을 내렸다.

마침내 옥스갓비에 도착하자 그날 오후 에밀리 클

라우가 숨을 거두었다는 소식이 우리를 기다리고 있었다.

아, 그 시절…. 그 후로 오랫동안 그 행복이 내 곁을 맴돌았다. 가끔 음악을 듣고 있으면 나는 어느새 그 시절로 되돌아갔고 모든 것이 그대로였다. 기나긴 여름의 끝. 따사로운 날들이 이어지고, 밤이 와 불을 밝힌 창문이 어둠을 공격할 때 서로를 부르는 소리, 동이 틀 무렵 옥수수밭이 수런거리는 소리와 곡식이 여물어가는 들판의 따뜻한 냄새. 그리고 변치 않을 젊음.

내가 그곳에 그대로 머물렀다면 언제까지나 행복했을까? 아닐 것이다. 아닐 것 같다. 사람들은 떠나고, 늙고, 죽는다. 모퉁이를 돌 때마다 새로운 놀라움이 펼쳐지리라는 긍정적인 믿음은 옅어진다. 지금이 아니면 다시는 만나지 못한다. 우리는 행복이 눈앞을 날아갈 때 얼른 잡아야 한다.

옥스갓비에서 지내는 동안 딱 한 번 그곳을 떠난 적이 있었다. 리폰에 가기 위해서였다. 물론 나는 그 지역에 있는 동안 그곳의 대성당을 보러 갈 생각을 하고 있었다. 하지만 엘러벡 씨가 내 등을 떠밀지 않았다면 과연 그곳을 정말로 찾아갔을지 의문이다. 그 여행은 이사회가 그들의 하모늄(작은 오르간 같은 악기—옮긴이)을 미국제 오르간으로 교체하는 비용을 대겠다고 간신히 동의한 덕에 이루어졌다. "사실, 교회가 새 파이프 오르간을 마련할 거라는 소문이 있어요." 캐시가 은밀하게 내게 말했다. "그 사람들은 좋겠어요. 우리처럼 목사에게 줄 돈을 영원히 모으지 않아도 되니까요." 아이가 분하다는 듯 말했다. "그 사람들은 돈이 다른 데서 들어와요."

"버킨 씨, 당신이 우리와 함께 간다면 몹시 고마울 거요." 엘러벡 씨가 말했다 "당신은 좋은 품질을 알아보는 제대로 된 안목이 있잖소. 의심의 여지가 없지. 누구라도 그렇게 말할 걸. 우리는 최고를 원해요. 엄밀히 말하자면, 우리가 감당할 수 있는 비용 내에서 최고죠. 가는 사람은 당신까지 네 명뿐이오. 다우스웨이트 씨와 당신, 캐시, 나."

우리는 기차로 그곳에 도착해서 장터 뒷길에서 베인스 씨의 피아노와 오르간 가게를 찾았다. 인상적일 정도로 다양한 제품을 팔고 있는 가게였다. 피아노가 서른 대였고 미국제 오르간과 하모늄도 그만큼 있었으며 파이프 오르간이 두 대 있었다. "옥스갓비 웨슬리교파를 대표해서 오르간을 사러 왔습니다." 다우스웨이트 씨가 긴장한 기색으로 몸을 숙이며 말했다. "베인스 씨가 우리를 잘 아시는데요. 여기 엘러벡 씨가 우리가 2시 15분에 방문하겠다는 편지를 보냈습니다."

"베인스 씨는 이제 없습니다." 몸단장에 신경을 쓴 젊은 남자가 말했다. "제가 새 주인입니다." 그는 우리의 옷차림을 값을 매기는 듯한 눈빛으로 훑어보더니 이렇게 말했다. "풍금이면 되겠군요."

나는 그의 런던 억양을 알아차리고 마음이 불편해졌다. 별 이득도 없는 거래일 거라는 속내가 그대로 말투에 드러났기 때문이다. 그는 곧장 우리를 악기들이 양쪽에 줄지어 전시된 통로로 활기차게 안내했다.

"이건 다 쇼에요." 캐시가 속삭였다. "장사꾼들은 이

거울이며 청동 촛대들을 놓아두고 우리를 홀려서 바가지를 씌우거든요. 하지만 제일 중요한 건 소리예요. 바람을 만드는 풀무가 닳았을 때 나는 쌕쌕거리는 소리가 나는지 잘 확인해야 해요."

내가 웅얼거리는 소리로 대꾸를 했지만 그리 귀담아 들을만한 소리가 아니었는지 캐시가 똑 부러지게 말을 이었다. "그게 아니어도 우리는 정신 바짝 차리고 잘 지켜봐야 해요. 저 사장이 빌어먹을 남부놈이거든요." 고맙게도 캐시는 이 말까지는 덧붙이지 않았다. "아저씨처럼요."

그 주인은 어딘지 수상쩍은 냄새가 나는 전문용어를 떠들어대면서, 돼지 앞에 진주를 늘어놓고 있다는 속내를 대놓고 말하지 않고도 교묘하게 드러냈다. 솔직히 말해서 우리에게 제시된 악기들이 너무 호화로워서, 굶어 죽어가는 사람의 코밑에 진수성찬을 들이대는 꼴이었다. 바로 전까지 굶어 죽어가던 사람이 다음 순간 불안에 사로잡힌다. 어느덧 그의 설명이 점점 짧아지더니 퉁명스러워졌다. 마침내 그는 무례함을 숨기지도 않았다. "여러분은 중고품을 찾으시는 것 같군요." 우리는 수치를 느끼며 고개를 끄덕였다.

"그렇다면 그렇다고 말씀을 하시지요." 그가 경멸조로 말했다. "저 뒤에 있는 악기를 살펴보시는 게 더 좋겠습니다. 우리는 교회에서 중고품보상판매제에 따라 물건을 인수했습니다. 어떤 물건을 찾아내실지 모르겠군요. 대단한 건 없을 겁니다. 어쨌든 우리는 아무런 보장도 해 드릴 수 없다는 점을 명심하시기 바랍니다."

"그럼 한두 개를 시험해 봐도 되겠죠?" 다우스웨이트 씨가 무심하게 물었다.

그는 아무 대답도 받지 못했다. 주인은 이미 좀 더 돈이 될만한 손님들을 상대하려고 자리를 뜬 후였다.

주도권을 쥔 사람이 떠나자 엘러벡 씨가 자신의 모습을 되찾았다. 그의 눈이 반짝이나 싶더니 목소리에 결연함이 되돌아왔다. "자, 이 가격표들을 보세요." 그가 무시당하고 거부당한 악기들을 모아둔 구역으로 활기차게 나가면서 말했다. "어차피 우리가 살 형편이 안 되는 것들은 연주해 봐야 소용없어요. 모두 흩어져

서 괜찮은 걸 보면 알려주세요."

그래서 우리는 흩어졌다.

5분 후 그가 알렸다. "이제 후보가 정해졌으니 살펴봅시다. 이 세 가지 중에 골라야 해요. 이것과 노란빛이 도는 것, 저기 저것. 캐시, 피아노 의자를 가져와서 연주를 해 봐. 차례차례." 캐시는 긴 머리를 정리해서 모자 안으로 좀 더 확실하게 밀어 넣은 후, 세 대의 오르간으로 〈땅 위에 살고 있는 모든 성도여〉를 연주하며 상태를 살펴보기 시작했다. 캐시가 음전과 증음기를 조합해 시험해 보며 힘껏 페달을 밟아대는 동안, 다우스웨이트 씨는 오르간 뒤쪽에 쪼그리고 앉아 머리를 대었다. 내가 놀라워하자 그가 이렇게 설명했다. "내가 음악가는 아니죠 버킨 씨. 그건 사실이에요. 하지만 바람은 내가 누구보다 잘 이해하고 있다는 사실은 아무도 부정하지 못할 거예요. 풀무질이 내 일이니까요."

내 귀에 세 후보의 소리는 다 비슷비슷했다. 내가 유일하게 기여한 부분은 하나는 세게 연주할 때 소리가 떨린다는 사실과 두 번째 오르간에서 묘한 냄새가 난다고 지적한 것뿐이었다. 그것만으로도 나는 세 번째 오르간이 가장 마음에 든다고 판단한 사람들에게 감사 인사를 받았다. 그들은 최종 후보의 성능을 최대한 시험해 보아야 한다고 결정했다. 하지만 바로 그 순간 다른 고객들도 비슷한 결정을 내린 모양이었다. 그래서 자신이 몹시 크고 값비싼 파이프 오르간이라고 광고하는 듯한 오르간 하나가 연속적으로 천둥 같은 소리와 귀에 거슬리는 팡파르를 뿜어대기 시작했다.

"가서 저 사람이 언제까지 저렇게 시끄럽게 굴 건지 좀 알아봐 주세요, 버킨 아저씨." 캐시가 명령을 내렸다. 나는 게걸음으로 중고품 구역을 빠져나와 음악을 만드는 장애물들 무리를 빙 둘러서 더 대단한 고객들을 위해 비워놓은 곳으로 들어갔다. 그런데 그 대단한 고객들은 다름 아닌 키치 부부였다.

나는 그 자리에 우뚝 멈춰 섰다. 그리고 죄라도 지은 것처럼 악기들의 미로 속으로 스르르 숨어들고 싶었지만, 그러기 전에 앨리스 키치가 뒤를 돌아보았다.

그 순간 풀무의 상태를 더 잘 조사하려고 다우스웨이트 씨가 의자에 걸터앉았고, 그것으로 내가 그곳에 있는 이유가 설명되었다. 그녀의 두 눈이 반짝 빛을 발했다. 순간적으로 나는 그녀가 곧 웃을 거로 생각했다. 정말로 웃었을 것이다. 하지만 그 순간 가게 주인이 그의 오르간으로 다시 한번 폭풍 같은 소리를 만들어냈고, 나는 그 엄호사격을 받으며 얼른 퇴각했다.

"곧 끝낼 거래요." 나는 거짓말을 했다. 그러자 엘러벡 씨가 가져온 종이 꾸러미를 풀어서 웨슬리교파 성가집을 꺼내며 말했다. "음, 우리가 4시 7분 기차를 타려면 지금 시작해야 해요. 캐시, 이리 와. 264번 〈대속하신 구주께서 구름 타고 오실 때〉를 해 보자. 이 곡은 활력이 넘치는 곡이란다." 캐시는 요령 있게 무릎으로 양쪽 증음기를 밀고 단거리 주자처럼 발을 위아래로 열심히 움직이며 다른 고객의 소리를 상쇄할 정도로 큰 소리를 만들었다.

"이 오르간이면 될 것 같아요, 다우스웨이트 씨." 역장이 말했다. "어때요, 톰? 이 오르간으로 최종선택을 하기 전에 노래에 잘 어울리는지 확인해 봅시다. 어쨌든 오르간 소리는 들어올 때와 나갈 때만 들으니까요. 자, 119번, 캐시 〈존귀하신 어린 양〉."

그리하여 그들은 곧장 노래를 시작했다. 캐시가 유난히 힘 있게 소프라노로 시작했고, 엘러벡 씨의 과장된 테너 음성이 (큼직한 양손을 조끼에 가로질러 댄 채 노래하는) 대장장이의 최저음과 거의 화음을 이루는 듯했다. 그동안 나는 앨리스 키치가 이 소란을 어떻게 생각할지 궁금해하며 천장으로 시선을 돌렸다.

"존귀한 어린 양

존귀한 어린 양

죽임당하신 존귀한 어린 양

죽임당하신

죽임당하신

죽임당하신 존귀한 어린 양."

그들의 노랫소리는 근사한 소음이었으나, 3절을 한

참 부르는데 광분한 듯한 고함에 노랫소리가 뚝 끊어졌다. 그 고함의 주인공은 가게 주인으로 그는 화를 주체하지 못했다. "이보세요." 그가 소리쳤다. "소란 피우지 마세요. 여기서 당신네 성가대 연습을 하지 말란 말입니다. 다른 고객들이 이야기도 할 수 없지 않습니까."

세 명의 가수는 민망한 표정을 지으며 입을 다물었다.

"이걸로 하겠습니다." 엘러벡 씨가 말했다. "이 오르간은 노스이스턴 철도로 가져갈 겁니다." 그제야 다우스웨이트 씨가 훌륭한 기백을 발휘하며 침착함을 되찾았다. "현금으로 사면 깎아주십니까?" 그가 백동전이 든 주머니와 손때 묻은 지폐 다발을 꺼내며 물었다. "현찰이니 2파운드 깎읍시다."

옥스갓비 대표단에게 비즈니스는 비즈니스였다. 그들은 어리둥절해하는 주인을 뒤로 한 채 곧 돌아가는 게 못마땅한 오르간 연주자를 데리고 4시 7분 기차를 타려고 출발했다. 하지만 나는 이곳의 대성당을 보지 않고 간다면 도저히 발길이 떨어지지 않을 것 같아 실례를 구했다. 그렇게 나는 길을 따라 언덕을 내려가 되는 대로 뻗어 있는 헛간 같은 건물을 향해 걷기 시작했다. 주위를 어슬렁거리는 늙은 관리인 덕분에 나는 돌의 숲을 꼬박 한 시간 동안 독차지해 그와 함께 돌아다니며 감탄을 쏟아냈다.

그곳을 다 본 후 나는 느긋하게 장터로 돌아가 빵가게 뒤에 있는 방에서 버터를 바른 티 케이크를 먹었다. 차는 몹시 뜨겁고 갓 내려 맛이 매우 좋았다. 나는 그때 먹은 케이크를 아직도 기억한다. 맛이 최고급이었던 캐러웨이 씨앗 케이크였다. 그때든 지금이든 런던에서 그런 케이크를 찾아내려면 운이 좋아야 할 것이다. 그곳에서는 편안한 분위기에서 음식을 즐길 수 있었다. 사람들의 손때가 묻어 길이 잘 든 느낌이 나는 공간으로, 다 먹은 그릇을 홱 가져가거나 당신의 자리에 앉으려고 주변에서 서성거리는 사람을 신경 쓰지 않고 느긋하게 앉아 있을 수 있는 장소였다. 나는 멍하니 생각에 잠겨 오후에 있었던 일을 되짚으며 오르간을 고르는 일을 도와달라는 부탁을 들었다는 사실에 감탄하고, 앨리스 키치가 그곳에서 무슨 생각을 했을지를 떠올리니 불편한 느낌도 들었다. 말도 안 되는 생각이지만 그녀가 불쑥 차를 마시러 그곳에 들리거나 6시 20분 기차를 타고 집으로 돌아가면 좋겠다는 생각이 들었다.

나는 우드바인 담배에 불을 붙였다. 그때 남자 손님 한 명이 들어왔다. 나는 그에게 주의를 기울이지 않았는데, 그가 내게 아는 척을 했다. "이런, 이게 누구야. 여기 살아?"

나는 그가 누구인지 얼른 떠오르지 않았다. "밀번이야." 그가 말했다. "밀번 병장." 나는 그제야 그가 기억났다. 그는 괜찮은 친구였다. 내 기억에 취사병이었던 그는 나와 같은 징집병이 아니라 의용군이었다. 그를 마지막으로 본 곳은 바뿔므의 지붕 없는 막사였다. "마지막으로 봤을 때 자네는 수레에 실려 가는 중이었지." 그가 말했다. "그러니까 전쟁 신경증이었지, 그렇지? 선발 신호병 아니었나? 자네 전우들 가운데 많은 사람이 살아남지 못했어."

그는 내 테이블로 자리를 옮기더니 요즘 철물제품 영업사원으로 일하는데 북동부에 판매망을 탄탄하게 구축했다고 말했다. 나도 그에게 무슨 일로 이곳에 와 있는지 말해 주었다. 그는 내가 군대에 징집되기 전에 런던예술대학교에 다녔다는 사실에 깜짝 놀랐다. "그런 줄 짐작도 못 했어." 그가 말했다. "사무직일 거라는 정도로만 생각했지."

그러자 내가 문에 관해 이야기했다.

"문!" 그가 말했다. "다부진 친구지. 얼굴이 불그레하고 잘난 척 지껄이지?" 그는 내 표정을 보더니 자신이 제대로 맞혔다는 사실을 알고 웃음을 터트렸다. "영창에서 호된 꼴을 당했을 거야." 그가 말했다. "그런 부류는 항상 운이 없어. 문에게 앙심을 품은 상병이 있었는데, 슬쩍 알려주더군. 자신의 당번병과 한 침대에 있는 장면을 헌병에게 들켰대. 불쌍한 녀석! 그 녀석은 그렇게 타고났어."

나는 얼굴을 한 대 맞은 것 같았지만, 그는 내가 받은 충격을 알아차린 것 같지 않았다.

"군법회의에서 지독하게 비난을 받았지. 너덜너덜해질 정도로 말이야. '젊은 청년들의 타락'이라느니…,

'임관장교의 불명예'라느니…, 그런 식이었어. 그가 받은 훈장이 사태를 더 악화시켰지. 이해할 수가 없어."

"그 친구는 훈장을 받은 이야기는 한 번도 하지 않았는데." 내가 말했다.

"전장에서 수여하는 훈장. 적대행위로 그의 부대원 한 명을 연행했어. 그 부대원의 목숨이 자신에게 달려 있다는 사실을 알았을 텐데도, 비명을 한 번 더 듣자 돌아갔지."

그러더니 그가 말했다. "이런 이야기를 괜히 했나 보네. 자네만 알고 있어. 우리가 만났다는 이야기도 하지 않는 게 좋겠어. 이렇게 만나서 반가웠네. 다시는 이렇게 마주칠 일이 없겠지." 그가 한 손을 내밀더니 그곳을 나섰다.

문이 동성애자라는 사실을 알게 되었지만 나는 아무렇지 않았다. 물론 절대 잊을 수 없는 이야기이기는 했지만 말이다. 오히려 독립적이고 긍지 높은 정신의 소유자였던 그가 영창에서 짐승처럼 입막음을 당했고 그런 곳을 관리하려면 어떻게 해야 하는지 늘 아는 듯한 끔찍한 사병들을 견뎌내야 했다는 사실이 나는 더 끔찍했다.

물론 그 이야기는 거기서 끝이 아니었다. 어떻게 그렇게 되었는지는 묻지 마시라. 그날 후로 문은 내가 안다는 사실을 알았다. 이튿날 아무 이유도 없이 그가 이렇게 말했다. "섹스! 정말 빌어먹을 짓거리야. 자비라고는 없지! 그 행위는 우리의 남성성을 배신하고, 진실성을 타락시키지. 섹스야말로 자네가 여기저기 묻고 다녔던 그 지옥 아니었을까, 버킨?"

그리고 그 후로, 우리 사이는 다시는 전과 같지 않았다.

며칠 동안 나는 벽화의 북쪽 부분을 한 번 더 그리고 마지막으로 살펴보았다. 그 부분에는 영혼들이 천사 미카엘의 저울에서 악행보다 선행의 접시가 더 기운 것에 기뻐하며, 선행의 보상을 받으려고 천상으로 향하는 모습이 그려져 있었다. 그들은 의기양양하면서도 심드렁한 표정을 짓고 있는데, 앞으로 지옥에서 영원히 고통을 받을 사람들과 비교해 아무런 생동감도 느껴지지 않았다. 심지어 옷차림도 남루했다. 그들 의복의 천상의 푸른색은 칠한 지 이십 년도 지나지 않아 색이 바래기 시작했을 것이다.

이제 전체적으로 봤을 때 작업은 거의 다 끝났다. 며칠 더 작업을 하든 당장 이곳을 뜨든 사람들은 그 차이를 알아차리지 못할 것이다. 조 워터슨 영감조차 내게 사다리를 빌려주지 않았다면 모를 것이다. 나는 자기만족을 위해 어디는 때를 말끔히 벗겨 내고 또 어디는 때를 어느 정도 남겨놓은 채―윤곽만 있는 팔다리에 입체감을 주거나 얼굴과 머리가 더 삭막한 느낌으로 보이게 하려고―전체적으로 손을 보았다. 이 분야에서는 타락한 시간의 손이라는 더께를 말끔히 닦아 내다가 한 번 더 닦는 순간 닦고 있던 손마저 다 지워 버릴 때도 있다. 그 경우 '핑'하고 경고를 하는 도구는 아직 발명되지 않았다. 그러므로 나는 시간이 흐르면서 경험으로 체득한 옛 규칙에 의지할 수밖에 없다. 그 규칙이란 결국 오랫동안 관찰하고 덜 건드리는 것이다.

불안에 물든 시간은 끝났다. 나는 이제 잔잔한 물처럼 차분하다. 기나긴 무더운 날씨는 의기양양하게 8월을 곧장 통과해 흘러갔다. 시골집의 앞마당마다 마저럼과 장미, 마거리트, 수염패랭이꽃이 빼곡하게 피어났고, 밤이면 스톡의 향기가 진하게 감돌았다. 화이트호스 계곡에는 녹음이 우거졌는데, 이른 아침에는 잎사귀들이 꼼짝도 하지 않다가 무더운 한낮이 되면 검은 동굴처럼 그림자를 드리웠다. 그럴 때면 북쪽과 남쪽을 오가는 기차 소리가 흐릿하게 들려왔다.

여름! 내 20대 초반의 여름날들! 그리고 사랑에 빠졌던 여름날들! 아니, 그때 나는 단순한 사랑보다 훨씬 더 좋은 것에 빠졌다. 내 마음속에만 고이 간직했던 은밀하게 품은 연정. 그 사랑은 우리의 인생에서 한 번 만날까 말까 한 묘한 감정이다. 책을 보면 그런 감정이 번뇌로 그려지지만, 내 경우에는 그렇지 않았다. 오랜 시간이 흐른 후에는 번뇌가 되었을지 몰라도, 그때는 아니었다.

내게는 아내가 있었다. 비니는 그 남자와 함께 떠났

지만, 그녀와 나는 그 결혼을 끝내기 위해 별다른 조치를 하지 않았다. 그녀는 약삭빠르게 문을 열어놓고 나갔으므로, 언제든 다시 들어올 수 있었다. 다시 떠나기 전에 말이다. 그리고 앨리스 키치가 있었다. 그녀는 신앙심이 몹시 돈독한 여자임이 분명했다. 그녀에게 결혼은 '이 세상 그 누구도 깨트릴 수 없는 것'을 의미했다. 이때가 1920년이었다는 사실을 잊지 마라. 완전히 다른 세상이었다.

정말 그랬고 내가 이 세상을 뜨는 순간까지 그러할 것이다. 앞으로 한두 해 우리는 서로 정중한 크리스마스 카드를 보내겠지. 그리고 그 후로 우리는 서서히 소원해질 거야. 그러나 지금 그녀는 여기에 있고 어느새 내 여자가 되었어. 나는 그렇게 생각하기를 좋아했다.

그 무렵 그녀는 매일 나를 찾아왔다. 얼마 후면 문과 나는 떠날 것이고 옥스갓비가 두 사람의 부재만큼 텅 빌 것이라는 사실을 분명히 알았을 것이다. 우리의 대화의 범위는 점점 넓어졌다. 그녀는 비니에 대해서도 알게 되었다. 아내와 내가 되는대로 살았으며, 결국 관계가 틀어지게 된 것까지 말이다. 우리는 비니와 함께 도망친 남자며 이상한 이야기지만 나는 여전히 그가 상당히 마음에 든다는 이야기까지 나눴다.

"그 이야기에 어떻게 그렇게 웃을 수 있는지 나는 모르겠어요, 버킨 씨." 앨리스가 말했다.

"두 달 전만 해도 이렇게 웃지 못했어요." 내가 대답했다. "옥스갓비가 나를 이렇게 바꿨어요. 비니가 그 남자와 꼭 떠나야 했다면, 못 갈 것도 없잖아요? 나는 아내를 지키는 간수가 아니에요. 우리는 결혼했을 때 서로를 잘 알지도 못했어요. 누군들 알겠어요? 솔직히 같은 집에서 20년을 같이 산다 한들 서로에 대해 얼마나 많이 알겠어요. 우리는 보여주고 싶은 것만 보여줄 뿐이에요. 그러니 부부관계란 일종의 추측 게임인 거죠, 그렇죠? 상대가 '맞아' 혹은 '틀렸어'라고 제대로 대답하려 하지 않으면 계속 추측만 할 뿐이죠."

앨리스는 내 이야기를 받아 끌고 나가지 않았다. 그녀는 햄스피어에서 보냈던 자신의 학창시절이며 아버지와 아주 가까웠기에 어디든 함께 다녔다는 이야기를 늘어놓았다. 그리고 아버지가 돌아가시고 일 년 후 그녀는 결혼을 했다. 거기까지 듣고 이번에는 '내'가 주제를 바꾸었다.

리폰에 다녀온 다음 날 그녀가 찾아온 순간이 기억난다. 그때 나는 문에 대해서 들었던 말을 곰곰이 생각 중이었다. "내 말을 안 듣고 계시는 것 같네요, 버킨 씨." 그녀가 아래에서 소리쳤다. "노래를 불러드려도 될까요?" 그러더니 그녀는 심한 요크셔 사투리를 상당히 잘 흉내내며 노래를 시작했다.

"죽임당하신
죽임당하신
존귀한 어린 양…."

그러더니 느닷없이 깔깔거리며 웃었다. 달콤한 진주 알처럼 영롱했던 웃음소리.

"그만 하세요." 내가 말했다. "아픈 데를 찌르시네요. 그리고 지금 뭔가를 생각하는 중이었어요."

"그럼 일을 하는 게 아니었군요?"

"그럴 리가요. 일을 하는 중이에요. 나는 '보고' 있어요. 그림은 늘 눈여겨봐야 해요. 안 그러면 무슨 일이 일어날지 모르거든요. 부군이 돈 쓴 보람이 있다고 느끼기도 전에 다시 사라질지 몰라요."

"그러지 말아요, 제발!" 그녀가 말했다.

"맞아요, 죄송해요! 바보 같은 소리를 했네요."

"그이는…." 그녀는 말문을 뗐다가 다시 입을 다물었다. 이윽고 다시 말문을 열었다. "아서는 이 마을에 뿌리내리기가 쉽지 않아요. 그이는 정말 진실한 사람이에요. 그이는 우리가 남쪽으로 가면 더 잘 지낼 수 있을 거라고 생각해요. 서섹스에 누이와 형제가 살거든요…." 그녀의 말은 도움을 요청하는 비명처럼 들렸다. "나는 이곳 사람들이 좋아요." 그녀가 말을 이었다. "하지만 그 사람들도 우리를 그만큼 좋아하는지 모르겠어요. 우리는 여기가 맞지 않아요."

"오, 그렇게 생각하지 마세요." 내가 말했다.

"그렇게 생각하세요? 정말요?"

"당신이 전거轉居를 하면 서운해할 마을 사람을 많이 알아요."

"전거라고요?"

"다른 곳으로 이사를 간다는 뜻이에요. 유식하게 표현하는 한 가지 방법이죠. 당신은 웨슬리파 교인들과도 잘 지내잖아요." 나는 그녀의 기를 살려줄 필요가 있다는 생각에 이렇게 말했다. "엘러백 부인은 당신이 정말 매력적이라고 하던데요. 대단하잖아요. 다른 여자가 그렇게 말할 정도라니!"

"매력적이라고요!" 그녀는 한 번도 자신을 그렇게 생각해 본 적이 없거나 지금껏 누구에게도 그런 이야기를 들어본 적 없는 것처럼 반응했다.

나는 발판 끄트머리로 다가가 몸을 숙여 아래를 보았다.

"당신은 '정말' 매력적이에요." 내가 말했다.

"매력적?" 그녀는 난감하다는 듯 내 말을 반복했다. 많은 여자가 이 말의 힘을 탐험해 보았으리라. 너무 멀리 가지 않고 아무 탈 없이 돌아올 수 있을 만큼의 여지를 남겨둔 채.

좋아, 앨리스 키치, 당신을 좀 밀어붙여야겠군. '당신'
도 뜬눈으로 밤을 새워보라고. 나는 이렇게 생각했다.

"당신이 매력적인 것 이상이라고 말할 남자들이 잔
뜩 있을걸요." 내가 말했다. "그 남자들은 당신이 아름
답다고 할 거예요." (나는 '나도' 바로 직전에서 멈췄다.)

"어머나." 그녀가 무덤에서 살아나오려고 안간힘을
쓰는 래티샤를 도울 방법을 찾아 사방을 둘러보다가,
교회에서 나가는 편이 안전하지만, 이 상황에서 품위를
잃지 않고 나가는 법을 모른다는 사실을 깨달은 것처
럼 말했다. 그러더니 침착함을 되찾고 반격에 나섰다.

"그럼 당신은요?" 그녀가 물었다.

"나요! 음, 나는 화가는 아니에요. 하지만 런던예술
대학에서는 내게 졸업장을 주면서 내 눈길이 아름다
움에 가닿을 때마다 그 아름다움을 알아보는 감식안
을 가졌다고 확실한 보증을 해줬죠. 그래서, 전문가답
게 당신에게 말한다면, 맞아요. 당신은 아름다워요. 몹
시." 그 순간 그녀가 아주 조금이라도 더 멀리 갈 각오

를 한 채 내게 고개를 끄덕여 주었다면, 나는 그녀의 매력을—낱낱이—나열했을 것이다. 그때 나는 몹시 흥분해 있었기 때문이다. *딜렉티시마Delectissima, 아만티시마Amantissima!(누구보다 사랑받는, 모두에게 사랑받는!)*

하지만 바로 그때 엉뚱하게도 운명이 모숩의 모습을 하고 끼어들었다. "버킨 씨." 그가 알아 들을 수 없는 사투리로 소리를 질렀다. "듣자하니 작업이 거의 다 끝나서 조만간 떠나실 거라면서요?"

"무슨 말인지 통역 좀 해주시겠어요, 키치 부인?" 내가 아래를 향해 외쳤다.

하지만 그녀는 가고 없었다

젠장.

앨리스 키치가 남편에게 무슨 말을 했는지 모른다. 하지만 이튿날 내가 문과 차를 마시고 돌아와 보니 그가 교회에 와 있었다. "모숩이 작업이 다 끝났다고 하더군요." 그는 내가 문턱을 넘기도 전에 불쑥 말했다. "그래요, 보니까 그런 것 같군요. 아주 좋아요. 그래서 유언집행인들이 내게 잔금을 지불해도 좋다고 허가해 줬습니다. 여기 봉투 받으세요. 계약한 대로 13파운드 15실링입니다."

텅 빈 벽이 있었던 곳은 이제 텅 빈 벽이 아니었다. 그곳에는 비계 같은 잡동사니와 이제 짐을 싸도 되는, 종탑에서 지내는 남자가 있었다. 맙소사, 엄청난 창조의 과정이 목사의 눈에는 조금도 보이지 않았다. 그리고 그―오래전에 죽은 벽화 화가―와 그의 그림을 모두의 앞에 되살린 나…. 우리 두 사람 중 누구도 그 목사에게 의미가 없었다. 다른 그 무엇보다 그 사실 때문에 나는 그에게 비계가 며칠 더 필요하다고 말했다.

"하지만 작업은 다 끝났잖습니까." 그가 말했다. "그리고 작업비도 다 받았고요."

"내가 작업을 다 끝냈다고 '목사님'이 말씀하신 거죠." 내가 대답했다. "그리고 나는 잔금을 달라고 하지 않았습니다."

"당신은 멋대로 며칠씩 쉬더군요." 그가 말했다. "수확 날에는 종일 자리를 비웠고, 웨슬리파 신도들과 또 하루를 쉬었고요. 내가 찾아왔을 때 몇 차례나 당신은 여기 없었어요."

"이보세요, 목사님." 내가 날카롭게 말했다. "나는 시간제나 일당으로 작업비를 받지 않습니다. 그 점을 행운이라 여기세요. 작업은 아직 끝나지 않았습니다."

"비계를 치워야 합니다." 그가 고집스럽게 말했다.

"오, 그러시던가요." 내가 말했다. "그러면 나는 유언 집행자들에게 목사님이 방해하는 바람에 내가 계약을 완수하지 못했다고 알리겠습니다. 그러면 그들은 분명히 ─조건부로─ 헤브론 양이 교회에 남긴 천 파운드를 주지 않겠다고 하겠죠."

그는 말뜻을 알아들었고 나는 진심이었다. "나는 당신과 싸우고 싶지 않습니다, 버킨 씨." 그가 말했다. "비계를 며칠 더 놓아두고 싶다면 그렇게 하세요. 하지만 비계를 이대로 더 오래 둘 수는 없습니다. 내가 언제 건축업자에게 비계를 치워달라고 해야 할지 알려주는 정도의 친절은 베풀어 주시겠죠."

우리는 잠시 말없이 서로를 빤히 바라보았다. 어느

새 내 분노는 사라졌다. 나는 그저 그가 가주기만 바랐다. 하지만 그가 말문을 열자 신기하게도 그의 아내와 똑같은 말을 하는 것이 아닌가. "이 마을에 뿌리내리기가 쉽지 않아요." 그가 말했다. "겉으로 보이는 모습과 달리, 늘 쉽지 않았어요."

나는 그가 무슨 말을 하는지 모르는 척 시치미를 떼려고 했다. 그러나 내 시도가 영 성공적이지 않다는 사실을 자각하고, 이번에는 마을 사람들이 그를 성도들에게 존경받고 참사회원과 그보다 더 높은 자리까지 영광스럽게 올라갈 수 있는 매우 훌륭한 성자 같은 사람으로 보지 않는다는 사실에 깜짝 놀랐다는 표정을 지어보았다. 이번에도 내 시도는 수포가 되었다. 그가 미소를 지은 것을 보면 말이다. 으스스한 표정이었지만, 일종의 미소였다. "당신이 나를 어떻게 보는지 압니다. 문도 마찬가지죠. 당신들은 나를 그렇게 보고 싶어 하는 거예요, 그렇지 않나요? 당신들은 그러기로 정했으니까요."

아무리 건조하게 말해도 이 상황은 당혹스러웠다.

한편으로는, 주위의 호감을 받지 못하고 심지어 미움까지 받는 사람들이 그들에게 내려진 판결에 불복해 항소하면 우리는 불편한 감정을 느끼게 마련이다. 한편으로는 그의 말이 옳았기 때문이다. 문과 나는 멀리 가버려서 최대한 오래 다시 찾아오지 않으면 좋겠는 고약한 물주의 역할을 목사에게 떠맡겼다.

"쉽지 않아요." 그가 다시 말했다. "영국인은 신앙심이 깊은 민족이 아니죠. 예배를 보러 오는 사람들조차 습관적으로 오니까요. 그 사람들은 성체도 형식적으로 받아요. 나는 죽어가는 주님의 피를 곧 맛본다는 생각에 목덜미의 털이 바짝 선 사람을 한 명도 못 봤습니다. 추수감사절이나 크리스마스 자정 미사처럼 많은 사람이 교회에 나올 때조차, 지나가는 계절에 작별을 고하는 이교도의 행사에 지나지 않아요. 그들은 내가 필요 없어요. 나는 세례식과 결혼식, 장례식에서만 쓸모가 있죠. 사람들은 나를 철거 용역업체처럼 고용해요. 자신들이 안전하게 마지막 집으로 잘 들어가는지 지켜보도록 말이에요." 그가 씁쓸하게 웃었다.

"내가 당신을 당혹스럽게 만들고 있군요, 버킨 씨."
그가 말했다. "당신도 내가 필요하지 않죠. 당신은 믿음을 넘어서는 것들, 차마 말로 할 수도 없고 잊을 수도 없는 것들, 하지만 종교의 핵심에 있는 것들을 직접 목격한 곳에서 왔으니까요. 그런데도 당신은 이곳에서 지내는 동안 내가 당신을 찾아오면, 이 계절은 날씨가 아주 좋다는 내 말에 맞장구를 치고, 고개를 끄덕거리며 작업이 잘 진척되고 있고, 종탑이 지내기 꽤 아늑하다고 말했죠. 속으로는 내가 어서 가주기를 바라면서."

이곳에 온 후 그가 처음으로 나를 똑바로 바라보았다. 그러더니 봉투를 내밀고는 가버렸다. 맙소사.

그날 밤 문과 함께 세퍼드 암스에서 돌아오는 길에 나는 키치가 찾아온 이야기를 했다. "이런, 딱한 친구를 봤나. 그 사람이 무슨 말을 하려는지 알겠어." 그가 말했다. "결국, 교회는 그의 사업장이고 자네가 그의 작업 공간을 3분의 1은 족히 잡아먹고 있지. 게다가 그 사람 말이 옳아. 자네는 작업을 다 끝냈어."

그는 내가 반박을 하게 놔두지 않았다. "오, 다 헛소리야. 작업은 다 끝났잖아. 자네가 작심하고 하면 남은 작업은 반나절이면 끝낼 수 있다는 걸 잘 알잖아. 벽화도 벽화지만, 자네만 봐도 알겠는데 뭘. 요 일주일 동안 자네는 꼬리가 둘 달린 건달처럼 휘젓고 다녔잖아. (모습도 알아차릴 정도였어.) 자네는 누가 봐도 까다로운 일을 떠맡았지만 실수하지 않고 용케 잘 해낸 사람처럼 보여. 무슨 속셈으로 어슬렁거리는지 모르겠지만 '그' 일을 끝내기 위해서는 아니잖아. 영원히 어정거릴 수는 없어."

"말 안 해도 나도 잘 알아." 내가 말했다.

"맙소사." 그가 짜증스럽게 말했다. "잔소리하려는 게 아니야. 그건 자네도 알잖아, 이 빌어먹을 악마. 내 말은 여기 옥스갓비에서 자네가 사귄 친구들이며 이 환상적인 여름, 자네가 해낸 훌륭한 작업을 말하는 거야. 운명을 말하는 거라고. 자네는 한 번에 케이크 한 조각밖에 먹을 수 없어. 그걸 계속 우적거리고 있을 수는 없다고. 안타깝지만, 원래 그런 거야! 저 모퉁이를 돌아가면 또 다른 풍경이 기다리고 있다는 걸 자네도 알게 될 거야. 그리고 그 풍경이 더 좋을 수도 있어."

그는 질문을 하는 듯한 표정으로 나를 바라보았다. "꽤 깊이 빠졌어, 그렇지? 엘러벡 가족이며… 앨리스 키치…."

"그러는 자네는?" 내가 물었다.

"그래, 나도 떠날 때가 되었지. 이틀을 줄 테니 그동안 주변을 잘 돌아봐. 어차피 내일이나 그다음 날이면 가을이 시작될 거야. 공기 중에서 가을 냄새가 나. 여름은 다 타들어 가는 중이고."

"하지만 자네는 의뢰를 못 끝냈잖아."

그가 웃음을 터트렸다. "내가 그 일을 다 끝냈다면 우리가 이렇게 만날 일도 없었을 거야, 안 그런가? 나는 '내'가 하러 온 것은 다 끝냈고 그 일에 대해 글로 기록하는 것만 남았어. 그 작업은 나중에 어디서든 할 수 있겠지. 이제는 정말 피어스를 찾아내야 할 때가 되었어. 그리고 친애하는 헤브론 양은 분명히 돈 쓴 보람이 있을 거야." 그가 환하게 웃었다. "자네가 내게 손을 빌려주지 않을 구실이 다 바닥날 때까지 작업을 보류 중이었다는 말이 더 정확하겠군. 내일이 바로 그날이야, 친구. 잘 자게."

잠자리에 들기 전 나는 창가에서 밖을 바라보았다. 문의 말이 옳았다. 가을의 첫 숨결이 공기 중에 떠돌았다. 방탕한 느낌, 너무 늦기 전에 원하고, 손에 넣고, 지키고 싶은 느낌이.

이튿날 아침 문이 찾아와 자신과 함께 아침을 먹자고 소리쳤다. 잠시 후 아침을 끝내자 그는 자신이 다우스웨이트의 신성한 지팡이라고 이름 붙인 물건을 꺼냈다. 그것은 그가 대장장이에게 의뢰해 만든 끝이 뾰족한 기다란 강철 막대기였다. 우리는 편자를 박는 망치와 식료품 담은 상자를 챙긴 후 출발했다.

"평민은 수의를 입혀 그대로 매장했어." 그가 말문을 열었다. "교역을 증진하기 위한 법령에 따른 순모純毛. 하지만 내 친구는 석관에 안장될 정도의 신분이었지. 그래서 다우스웨이트의 신성한 지팡이가 필요한 거야.

소리를 잘 들어봐야 하거든."

그는 모든 계획을 미리 잘 짜두었다. 우리는 그가 정확도가 가장 높으리라 짐작한 지점에 자리를 잡았다. 내가 그를 처음 만난 날 꼭 봐야 한다고 고집을 부렸던 움푹한 지점으로, 들판의 남쪽 담에서 들판으로 크게 한 걸음 들어온 곳이었다. "그 사람들이 그를 제단에서 가능한 가장 가까운 곳에 뒀어. 나는 이미 측정을 마쳤지. 사람은 희망의 동물이야. 먼저 자네 차례야! 상자 위로 올라가. 내 막대기 찌그리지 말고!"

지켜볼 마음만 있다면 현장에서 작업하는 전문가를 지켜보는 일은 재미있다. 그러니까 자신이 정말 잘하는 일을 열심히 하는 모습 말이다. 그때부터 당신은 그 사람을 새로운 시각으로 보게 될 것이다. 처음으로 그를 이런 묘하고 새로운 시각으로 보게 되었다. 그의 예상은 놀랄 정도로 딱 들어맞았다. 한 번의 실패도 없이 단박에! 그는 내게 단순하고 고된 일을 시켰다. 그가 '후보 구역'이라고 부르는 곳에 닿을 때까지 그의 막대기를 땅에 꽂는 일이었다. 막대기가 그 구역에 닿으면 그가 작업을 이어받아 좀 더 부드럽게 막대기를 밀어 넣고 빼기를 반복했다. 땅에 막대기를 밀어 넣을 때마다 땅속에서 올라오는 진동이 들릴 정도로 귀를 땅에 가깝게 갖다 댔다.

"음." 그가 소리를 냈다. "이건 내 생각보다 더 깊이 묻힌 큰 바위인 것 같아." 그가 다시 톡톡 두드렸다. 막대기가 윙 하고 울었다. "좋아. 백묵으로 지면에 표시를 하고 작업을 한 후에 양쪽으로 1피트씩 옮겨서 다시 작업해 보자."

서쪽으로 1피트 옮겨서 표시해 둔 지점 아래로 막대기를 꽂았더니 장애물에 부딪혀 윙 하는 소리가 나지 않았다. 동쪽으로 옮겨서 막대기를 넣어보니 돌에 부딪혀서, 다시 동쪽으로 1피트를 더 옮겼다.

"정말 만족스러운걸." 문이 양손을 비비며 말했다. "지금까지의 작업은 땅속에 민간전승의 기억이 얼마나 많은지 보여줄 뿐이야. 이 일을 교훈 삼아 세상의 모습에게 귀를 기울여 보라고. 마침, 내게 삽이 있으니, 내 존경의 증표로 자네에게 첫 삽을 뜰 영예를 넘기지. 해적 이야기를 보면 말이야. 해적들은 보물상자를 찾아내기 전에는 그 보물상자가 거기에 정말로 있는지 절대 몰라. 하지만 나는 지금 자네와 결과를 기다리는 온 세상에 확실하게 알리노니, 이 삽의 길이만큼 땅속으로 들어가면 그곳에 피어스가 있으리라."

"흥분되지 않나?" 그가 물었다 "누군가가 500년이나 600년 전에 팠던 지점을 파는 일 말이야. 흥분되지 않는다고? 나의 단순한 삶의 방식에서는, 이 발견이 옆집에서 자네가 수행한 위장업무만큼 전율 넘치거든. 아, 음. 나와 같이 느끼기를 바라는 건 무리일지 모르겠군. 자네도 남들처럼 어릴 때 금덩어리나 최소 금화가 잔뜩 든 항아리를 찾으면 좋겠다는 생각을 했을 거야. 우리 고고학자들은 감각을 늘 신선하게 유지해. 흙냄새가 아주 살짝 달라지는 것만으로도 아드레날린이 뿜어져 나오니까. 이봐, 친구. 아무리 자네라도 삽의 날 길이보다 세 배 깊은 곳에 있어야만 했던 흙이 세상 구경하는 모습을 잘 보라고. 환상적이잖아!"

폭염 속에서 진행하는 작업이었기에 나는 그가 막

대기를 구덩이 속으로 집어넣으며 내게 나오라고 했을 때 반색을 했다. "자네는 진정한 영국 블루칼라의 모습을 보여주었어." 그가 말했다. "모숨이 내게 살짝 말했는데. 그는 류머티스를 앓고 있는 데다, 요즘은 풍습도 바뀌고 있고 보수도 변변찮아서 무덤 파는 일을 더 하지 않을 생각이라는군. 그 사람이 좀 손을 써주고 내게서 배운 것을 잘 써먹으면 자네도 옥스갓비에서 늙어갈 수 있을 거야."

그가 구덩이로 내려가 쪼그리고 앉더니 흙손으로 조심스럽게 흙을 떠서 목수의 연장 자루에 담았다. 그는 가끔 내게 그 자루를 받아 흙을 비워 달라고 했다. 우리는 한동안 땅을 파고 자루에 담긴 흙을 비우는 작업을 반복했다. "속도를 높여 봐." 내가 다그쳤다. "이 속도면 종일 걸리겠어. 그리고 기껏해야 늙은 말이나 파내겠지."

"온종일 걸릴 거야." 그가 대답했다. "우리는 지금 옛 사람들이 여기에 떨어트린 물건을 발굴하는 거야. 힘 내 봐. 자네 같은 농부들 가운데 누군가가 세경을 받아서 집으로 돌아가다가 땅에 뭐가 있는지 잘 보려고 발걸음을 멈추는 모습이 보이지 않아? 그리고 여기, 한 번 보라고! 그 사람이 지고 가던 자루에서 뭔가가 툭 떨어져! 그리고 조금 더 아래로 가봐. 무덤 가장자리에서 흙을 한 줌 던져넣으면서 마지막 인사를 하는 슬픔에 찬 형제가 보이나? 분명 누군가는 그 사람을 사랑했을 거야. 다른 누구도 아닌 자네라면 지난 몇 주 동안 저 위에서 그들과 함께 숨 쉬었으니 지금쯤 중세인처럼 생각하게 되지 않아?"

그렇게 오전을 다 보내고 우리는 마침내 빵과 치즈로 점심을 먹고 햇살 속에서 졸았다. 그리고 다시 일터로 돌아갔다. 모솝이 들에서 오는 길에 우리에게 다가와 회의적인 표정으로 구덩이를 바라보았다. 그러자 문은 다음 안식일에 자신이 이 세상을 하직할 게 분명해서 미리 묫자리를 파놓는 중이라고 말했다. 그러자 모솝은 문과 나 같은 남부 사람들은 희한한 사람들이라고 하더니 가던 길을 갔다. 캐시 엘러벡이 왔고, 키치 목사도 왔고, 마을 청년 여섯 명도 왔고, 다우스웨이트 씨도 왔다. 미친 히거티 부인이 금방이라도 무너질 듯한 유아차를 밀고 나타났다. 하지만 그들 모두 점점 깊어지는 구덩이 외에 아무것도 보지 못한 채 애석함에 젖어 발길을 돌렸다.

그동안 이곳에서 나올 거라고 장담했던 뿔 단추를 문이 마침내 찾아내자, 우리는 엘러벡 부인이 내게 보내준 커런트 티케이크를 먹으라는 하늘의 계시라고 생각했다. "15세기!" 그가 소리쳤다. "목표물에 적중했어!" 하지만 그는 파이프 담배를 한 대 피울 때까지 작업을 재개하려 들지 않았다. "자, 자." 그가 말했다. "그렇게 열 올리지 마. 저 아래에 뭐가 있든 아주 오랫동안 잠들어 있었어. 그러니 20분 정도 더 둬도 어디 도망가지 않을 거야."

그래서 그는 6시가 다 되어서 비로소 구두와 양말을 벗어 자루에 넣는 것을 신호로 '최종 조사'를 재개했다. 그는 점점 더 흥분에 빠져들어 빠르게 붓질을 하며 흙을 털어냈다. 그의 붓질이 얼마나 빠른지 그전까지 땅속에 들어있던 돌이 눈앞에 불쑥 나타날 정도였다. 그것은 조각이 된 기다란 손잡이 같은 것이었는데, 볼록하게 솟은 석관의 뚜껑 위에 새겨놓은 소용돌이 문양으로 우아하게 이어져 있었다. 뚜껑의 꼭대기에는 성찬식 컵을 쥔 손이 있었고, 가장자리에 제병이 놓여 있었다.

"저기 이름이 있는 것 같아." 문이 소리쳤다. "흙을 털어내야겠어. 아니야, 다시 생각해 보니 물로 씻어내는 게 낫겠어. 저기 가서 주전자 좀 가져와 줘."

문은 물을 부어 석관을 씻어내더니 잠시 고개를 흔들며 생각에 잠겼다. "어때?" 내가 말했다. "이봐, 말해 봐. 피어스야? 아니야?" 문은 대답을 하는 대신 구덩이에서 올라와 말했다. "이름은 없어. 하기야 저기에 이름을 새겨놓았다면 그게 더 놀랄 일이겠지. 그냥 'misserrimus' 라고만 새겨져 있었어. '가장 가련한 사람들의 한 사람인 나.' 아마 자네라면 이렇게 표현했겠지. 맙소사, 이 불쌍한 사람을 위해 정말로 관을 묻었다니. 왜, 대체왜, 왜? 아, 그래. 이제 우리가 해답을 알 일은 없겠지."

그러더니 그는 카메라를 들고 석관을 사방에서 찍었

다. "출판을 위해서야!" 그가 설명했다. "내가 대학에서 일자리를 구할 때를 대비해서. 지원자에게 무슨 능력이 있는지 그 사람들은 모르니까. 출판물이 증거지…."

"자." 그가 말을 이었다. "자네가 가서 대령을 불러와 조상을 찾아 준 대가로 의뢰비를 지불하게 하기 전에 안을 살짝 들여다보자. 뚜껑을 몇 인치만 움직이면 되니까. 우리 둘이서도 할 수 있을 거야."

그래서 우리는 구덩이로 내려가 육중한 석관의 뚜껑을 내가 밀고 그가 당기며 열기 시작했다. 마침내 우리는 안을 들여다보았다. 그곳에는 무시무시한 것도 오래전에 죽은 망자를 떠올리며 슬퍼할 만한 것도 전혀 없었다. 그저 바짝 말라붙은 갈색 유골과 약간의 먼지가 다였다. 500년이나 흘렀는데 우리가 무엇을 기대할 수 있겠는가. 어쨌든 오랫동안 숨겨져 있던 것을 누구보다 먼저 볼 수 있었다는 사실에 가슴이 벅차올랐다. 문은 열린 틈새로 얼굴을 들이밀며 안으로 살며시 숨을 불어넣었다. 먼지구름이 일었다. "수의구나!" 그가 웅얼거렸다.

잠시 후 그가 말했다. "좋아, 이왕 시작한 거 끝을 보자고. 밀어보자, 우리 둘이서. 석관 뚜껑을 옆으로 밀어서 기울이는 거야." 그래서 우리는 열심히 석관의 뚜껑을 밀었다. 뚜껑이 조금씩 밀리더니 마침내 썩은 유골이 완전히 시야에 들어올 정도로 열렸다. 우리는 쪼그리고 앉아 안을 보았다.

"상태가 훌륭해! 말 그대로 일류급이야!" 문이 중얼거렸다. "공기가 전혀 통하지 않았던 게 분명해. 그런데 봐—이걸 봐—세 번째 갈비뼈 아래." 문은 이렇게 말하며 몸을 숙이고 후 불었다. "바로 저기!"

금속 물체가 흉곽 아래에서 흔들거렸다. 그는 연필을 집어넣어 조심스럽게 꺼냈다. "이런, 이런, 초승달이잖아. 그래서 교회에 시신을 들이지 않으려고 한 거였군. 이 사람은 무슬림이었어. 십자군 원정에서 포로로 잡혔다가 목숨을 부지하려고 개종을 한 모양이야. 맙소사! 그가 옥스갓비에 다시 나타났을 때 무슨 소란이 벌어졌을지 상상이 가나? 이걸 보면 대령이 뭐라고 할까?"

그는 짓궂은 표정으로 나를 바라보았다. "너무하잖

아!"그가 말했다. "하지만 잠자는 개, 그것도 이단의 개를 그대로 잠들어 있게 내버려 둔다고 누가 뭐라고 하겠어?"문은 이렇게 말하며 체인을 풀고 연결 부위를 딱 부러트린 후 그 초승달을 손수건으로 감쌌다. 그는 다시 올라와서 쇠로 된 줄자를 내게 건네주며 양복점 급사처럼 치수를 재어 알려달라고 했다.

"자."그가 말했다. "어서 가서 키치를 데려와. 나는 대령에게 소식을 전할 테니. 우리는 이 전시물을 자랑스럽게 보여주자고. 다 끝나면 초승달을 다시 관으로 돌려놓으면 돼. 그러면 그의 명예가 전보다 더 나빠질 일도 없을 거야. 그런데 그전에 먼저 자네 사다리를 타고 올라가서 추락하기 전 그 화가의 얼굴부터 보도록 하지."

그거 아는가. 나는 그 순간까지 관에 누운 뼈 무더기가 나의 추락하는 남자라는 사실을 조금도 알아차리지 못했다.

다음날은 토요일이었다. 문은 의뢰받은 작업을 다 끝냈기에 나도 내 일을 마무리 짓기로 했다. 그래서

스티플 신더비에서 경기의 심판을 봐 줄 수 없다는 전
갈을 보냈다. 오전 내내 작업을 하고 아래로 내려오니
2시 무렵이었다. 나는 밖으로 나와 빵과 치즈로 요기
를 하며 문이 근처에 있지 않을까 내심 기대하는 마음
으로 주위를 살폈다. 하지만 그는 어디에도 보이지 않
았다. 나중에 그가 아침 기차로 요크에 갔다는 사실을
알게 되었다.

그래서 나는 엘리아의 석관에 앉아 점심을 다 먹고
우드바인을 한 때 피운 후 따뜻하게 데워진 돌판에 드
러누워 한쪽 팔을 머리에 베고 잠이 들었다. 잠에서 깨
자 앨리스 키치가 보였다. 미소를 짓고 있는 모습을 보
니 그곳에 온 지 한참 된 것 같았다. "여기에 오면 있을
줄 알았어요." 그녀가 말했다. "셰퍼드 옆에서 기다리
는 크리켓 선수들 가운데 당신이 안 계시더군요. 당신
주려고 사과를 한 자루 가져왔어요. 립스톤 피핀스라
는 품종이에요. 이 지방에서 잘 자라는 품종이죠. 과육
이 단단한 사과를 좋아하신다는 말을 기억해요."

우리는 사과에 관해 이야기를 나눴다. 그녀의 아버

지는 뛰어난 사과 재배 전문가였던 모양이었다. 햄프셔에서 그녀의 가족은 규모가 꽤 큰 과수원에서 다양한 품종을 키웠으며 그녀는 자라면서 아버지에게 사과의 품종을 구별하는 법을 배웠다. "아버지는 사과를 한입 베어 물기 전에 먼저 냄새를 맡고, 손에 쥐고 살살 굴린 후 손에 남은 사과의 향을 맡으셨어요. 다음으로 장님처럼 손끝으로 사과를 톡톡 두드리고 손끝으로 만지셨죠. 가끔 내게 눈을 감으라고 하신 후 한 입 베어 먹게 하시곤 그 사과가 어떤 품종인지 물어보셨어요."

"다시 스파이스나 콕스의 오렌지 같은 것들 말인가요?"

그녀가 웃었다. "아뇨. 그런 건 소금과 후추만큼 알아맞히기가 쉬워요. 내 말은 모양과 맛이 매우 흡사한 품종들요. 코제트 라인과 코즈먼 리네트처럼요. 나는 사과 전문가예요. 내가 통과하리라 기대할 시험이 있다면 그건 사과 감별 시험일 거예요."

그런데 그녀가 느닷없이 내가 평소 지내는 곳을 구경해도 되겠냐고 물었다. 우리는 사다리를 타고 그곳으로 올라갔다. "그러니까 당신이 일요일 예배 시간에 우리를 염탐하는 곳이 바로 여기란 말이죠?" 그녀는 내 난간동자 옆으로 머리를 쑥 내밀고 아래를 내려다보며 말했다. "여기서 우리를 보면 감정이 복받치겠어요!"

나는 내가 있는 곳에서 그녀가 보이지 않았다고 말해 주었다. 그곳에서는 그녀의 모자밖에 보이지 않았다. "그 가벼운 밀짚모자요." 내가 말했다. "그게 제일 마음에 들더군요. 특히 당신이 띠에 장미를 한 송이 꽂았을 때요."

"장미를 한 송이 꽂아요! 맞아요! 명심하세요, 사라 반 플리트는 결코 구닥다리 품종이 아니에요. 하필 오늘 그 이야기를 하시다니 이미 늦었어요. 알았다면 일요일마다 그 장미를 꽂았을 텐데. 아서는 내가 무슨 옷을 입고 무슨 모자를 쓰는지 모를 거예요."

그녀는 몸을 돌려 남쪽 창가로 다가갔다. 그녀는 한동안 말없이 서 있었다. 이윽고 그녀가 말문을 열었다. "그러니까 문 씨가 기어이 그걸 찾아냈군요?"

오, 못 찾을 이유가 없잖아요! 그런 생각이 들었다.

언제일지는 몰라도 발굴과정은 책으로 출간될 것이다. 그래서 나는 지금껏 문이 무슨 작업을 하고 있었는지 말하며 앵글로 색슨 교회터를 가리키려고 몸을 앞으로 숙였다. 그녀도 몸을 돌렸는데, 그 탓에 그녀의 가슴이 나를 지그시 누르는 꼴이 되었다. 우리는 함께 들판을 바라보았지만, 그녀는 쉽게 몸을 뺄 수 있음에도 그러지 않았다.

그때 나는 팔을 들어 그녀의 어깨를 감싼 후 그녀의 얼굴을 내게 돌리고 입을 맞추었어야 했다. 그런 일이 벌어져야 하는 날이었다. 그녀가 온 것도 그런 이유에서였다. 그랬다면 모든 것이 달라졌으리라. 내 인생도, 그녀의 인생도. 우리는 우리 두 사람이 이미 알고 있는 사실을 소리 내어 말했어야 했다. 그리고 창문에서 몸을 돌려 나의 임시 침대에 함께 몸을 뉘었어야 했다. 그랬다면 그 후 우리는 함께 떠났을 것이다. 어쩌면 곧장 다음 기차를 잡아탔을지도 몰랐다. 심장이 미친 듯이 뛰었다. 숨을 쉴 수조차 없었다. 그녀가 내 행동을 재촉하듯 살며시 내게 기댔다. 그런데 나는 아무것도 하지 않고 아무 말도 하지 않았다.

마침내 그녀가 몸을 떼고 떨리는 음성으로 말했다. "음, 이곳을 보여줘서 고마워요. 이제 가봐야 해요. 내가 어디서 뭘 하고 있는지 아서가 궁금해할 거예요. 아뇨, 괜찮아요. 내려오지 마세요."

그녀는 그대로 갔다.

나는 그곳에 홀로 두 시간 동안 종탑에 등을 기대고 주저앉아 있었다. 캐시 엘러벡이 아래에서 나를 부르는 소리가 한 번 들렸지만 나는 대답하지 않았고 아이는 그대로 가버렸다.

이튿날 일요일 앨리스는 교회에 오지 않았다. 나는 문이든, 예배당이든, 엘러벡 가족이든 그 누구도 그 무엇도 마주 볼 자신이 없었다. 그래서 들을 싸돌아다녔다. 들판에 나 있는 오솔길을 벗어나 틈이 난 곳으로 지나가거나 담이 있으면 담을 넘어서 서쪽으로 발길을 옮겼다. 그때까지 나는 한 번도 그렇게 행동한 적이 없었다. 공기가 따스했고 곡식이 여무는 기운이 느껴졌다. 열기에 찬 안개의 기운이 울타리와 작은 숲으로부터, 시든 들판의 비탈을 따라 풀을 뜯는 가축들로부터 사라지자 가을이 화이트호스 계곡을 가로지르며 타오르고 너도밤나무가 횃불처럼 활활 타오르는 듯했다. 인정하기는 싫었지만 나는 이 풍경이 오로지 한순간만 존재한다는 사실을 이미 알고 있었다. 찬란한 여름날은 그 끝을 향해 다가가고 있었다.

교회로 돌아왔을 즈음 어느새 주위가 컴컴했다. 야심한 시각이라 마을에 불이 켜진 창문이 하나도 없었다. 주위는 어둡고 몸은 지쳤지만 이대로 잠을 잘 수 없다는 사실만은 알았기에, 컴컴한 문의 텐트를 지나치다 발길을 돌려 목사관으로 갔다. 그곳의 터널 같은 진입로를 터덜터덜 걸어갔다. 내가 마차 진입로에서 나와 집 앞에 섰을 때, 나무들 위로 달이 두둥실 떠올라 사방을 환하게 비추었다. 침실 창문이 열려 있었다. 잠시 잠옷 차림의 앨리스가 그곳에서 나를 알아보고 손을 흔드는 줄 알았다.

하지만 밤의 미풍에 살짝 들어 올려진 커튼 자락일

뿐이었다.

무슨 일이 일어나기를 바랐는지, 그곳에 얼마나 서 있었는지 나는 몰랐다. 그리고 어떻게 종탑으로 돌아와 잠자리에 들었는지도 전혀 기억나지 않는다. 그 후로 나는 그 일이 꿈이 아니었을까 생각한다.

이튿날 아침 나는 종탑에서 바닥에 주저앉은 채 한쪽 벽에 몸을 기대고 다른 벽을 뚫어져라 바라보았다. 찰스 문이 나를 부르는 소리를 한 번 들었다. 가끔 아래층에서 발소리(앨리스의 발소리가 아니었다)가 들렸다. 저녁이 다 되자 나는 정신을 차리고 누구나 두 번째 기회가 찾아온다고 생각했다. 그러니까 내가 여기서 기다리는 동안 그녀는 그곳에서 기다리고 있을지 모른다고 말이다.

하지만 막상 목사관의 진입로에 도착하니 그 이상 다가갈 수가 없었다. 거기서 멈췄다면 몸을 돌려 돌아갔을지도 몰랐다. 그러나 나는 기어이 괴상하게 생긴 현관에 섰다. 문과의 거리는 한 걸음도 되지 않았다.

나는 그곳에 서서 힘껏 뛰어온 사람처럼 헐떡거렸다.

집이 텅 비어 있다는 사실을 어떻게 알아차리는 걸까? 그 집에는 아무도 없었고 나는 그 사실을 그냥 알았다. 내 노크에 아무도 대답하지 않기 전부터, 우편물 입구의 가리개를 열어 안을 들여다보기 전부터 나는 알고 있었다. 우편함 입구로 들여다본 그 집은 새까만 어둠에 휩싸여 있어서 나는 오로지 기억에만 의지해 돌판이 깔린 복도를 지나고, 덧문이 닫힌 방들을 지나 양탄자도 깔리지 않은 계단을 올라갈 수 있었다.

그 사람들은 여기에 없어. 나는 그렇게 생각했다. 그들은 이미 떠났다. 나는 돌아섰다. 그 순간 종이 생각났다. 문설주에 판 구멍에서 툭 튀어나와 있는 종의 조잡스럽고 자그마한 손잡이. 그 손잡이에 연결된 녹슨 철사는 암흑과 정적 속으로 사라졌다. 그 종을 잡아당기자 처음에는 거칠게 긁어대는 소리만 내다가 어느새 저 멀리 깊고 깊은 휑한 집에 닿아서야 비로소 응답했다. 찰나 같은 순간 그 종소리가 정적을 휘저었다. 하지만 벽 높은 곳에 딱 달라붙은 종소리는 살아있는 것처럼 여전히 몸을 부르르 떨었을 것이다.

내가 뭐에 씌었던 걸까? 아마도 일종의 광기였으리라. 종소리가 온 집안의 복도를 따라 내달리고, 모퉁이를 돌고, 계단을 내려가 울리고 또 울리며, 동심원처럼 퍼져나갔던 그녀의 웃음소리처럼 텅 빈 컴컴한 집안으로 퍼져나갈 때까지 그 손잡이를 쥔 손에 더 힘을 주고 줄을 당기고 또 당겼으니까. 하지만 그 웃음소리는 과거에서 나를 부르는 웃음소리였다는 걸 깨달았다. 청명하고, 장난스럽지만, 가슴이 저미도록 애처로운 웃음. 내 인생에서 가장 끔찍한 순간이었다.

그렇게 나는 잔혹하고도 절망적인 손짓으로 종을 잡아당기고 또 잡아당겼다. 얼마나 그랬는지 모른다. 그리고 마침내 몸을 돌려 그곳을 떠나는 순간, 다시는 그녀를 만나지 못하리라 직감했다.

어떻게 지났는지도 모르게 저녁 시간이 지나갔다. 이윽고 밤이 되자 바람이 거세져서 물푸레나무 숲을 가로지르며 그곳을 휘젓고 거센 돌풍이 되어 종탑을 때렸다. 그 탓에 그곳의 작은 방에서 지내는 동안 처음이자 마지막으로 머리 위의 종이 흔들거렸다. 종소리라고 해봐야 종의 가장자리에서 시작되어 점점 줄어드는 미약한 소리에 불과했다. 하지만 반쯤 잠이 깬 나는 그 소리에 모종의 의미가 있을지 궁금해했다. 하지만 아침이 되자 그 소리는 지난밤에 들은 소리에 불과했다.

한밤의 강풍이 지나가고 그 여름의 찬란하고 청명한 하루가 시작되었다. 나무는 시커먼 속살이 드러날 정도로 잎사귀가 떨어져 울타리며 담벼락에는 낙엽이 수북이 쌓여 있었다. 아이들은 그 낙엽 더미로 들어가 나뭇잎을 한아름 하늘로 던지고 물가에서 노는 피서객들처럼 소리를 지르며 신나게 놀았다. 지금까지 울창한 나무에 가려 보이지 않았던 교회 앞 민가의 지붕이며, 담벼락, 정원이 비로소 눈에 들어왔다. 아주 잘 안다고 자신했던 곳의 지도를 난생처음 들여다보고 몰랐던 구멍이며 모퉁이를 찾아내기라도 한 듯 나는 감탄을 연발했다.

나는 한참이나 창가에서 아래를 지켜보았다. 여름과 가을이 가버렸다. 지난밤 동안 한 해는 또 다른 계절과 조우했다. 마당과 정원에서 사람들은 낙엽을 모으고 태우고 가지를 다듬고 울타리를 보강하고 배수로를 청소하고 있었다. 그들은 제비가 전선에 옹기종기 모이고 고슴도치가 겨울잠을 자기 위해 울타리 아래쪽의 잡동사니에 코를 파묻고 쿵쿵거리듯이, 자연스럽게 부름에 응답해 밖으로 나왔다. 그들은 자신의 선조 즉, 내 벽화에 그려진 사람들이 하던 일을 그대로 했다. 겨울이 맹공을 퍼붓기 전에 월동준비를 마치는 일 말이다.

그날 아침 나는 그곳에 온 후 처음으로 편지를 받았다. 내가 어디에 있는지 대체 어떻게 알았을까. 그것은 비니의 편지였다. 그녀는 내가 돌아오길 원했다. 다른 이야기도 적혀 있었지만, 요는 돌아오라는 이야기였다. 그녀는 내게 돌아와달라고 했다. 나는 그녀의 간청에 아무런 환상도 품지 않았다. 그녀는 다시 나를 떠날 테고 다시 돌아올 것이다. 그리고 나는 그곳에 계속 있을 것이다.

그 편지를 읽은 후 나는 짐을 꾸렸다. 그곳에 입고 온 독특한 코트만 빼고. 그 코트는 모습을 위해 문제의 못에 걸어두었다. 그는 몇 번이고 그 코트에 감탄했고 나는 그것 말고는 줄 게 없었다. 마침내 나는 아래로 내려가 주위를 마지막으로 둘러보았다. 형 집행이 유예된 뱅크댐-크라우더. 바로 그때가 스토브의 성능을 제대로 살펴보고 연기와 불꽃이 맹렬하게 폭발하듯 솟구치는 가운데 떠날 순간이었을까? 나는 남쪽 아케이드 뒤에서 잠시 꾸물거리며 래티샤에게 작별 인사를 보내는 비애에 찬 그녀의 남편을 마지막으로 보았다.

"누구보다 사랑스럽고 기쁨에 넘쳤던 아내여,

안녕히."

떠나려면 얼른 떠나는 게 좋다는 생각이 들었다. 괜히 질질 끌지 말고 말이다.

마지막으로 나는 비계 너머로, 그늘에 반쯤 가려져 있는 위대한 그림을 바라보았다. 솔직히 별 감흥이 들지 않았다. 벽돌공이 공사를 끝내고 다음 공사할 집으로 갈 때 들 법한 감정 이상은 아니었다. 저곳에 회색 벽이 있었고 이제 그 자리에는 갖가지 형태와 색채가 있었다.

그렇게 나는 배낭을 짊어지고 마당으로 나갔다. 9시가 지났지만 풀밭은 이슬을 가득 머금고 거미줄은 관목과 들장미 덤불에서 떨어져 날아다녔다. 모든 풍경이 그대로였다. 들판과 키 높은 숲, 웅크리고 앉은 고양이마저도. 엘러벡 가족을 만나고 역으로 가기 전에 먼저 들판을 지나 문에게 작별 인사를 건넬 작정으로 끈 고리를 들어 문을 열려는데, 그 고양이가 적대적인 눈빛으로 나를 쏘아보았다. 바로 그때 (이유는 설명할 수 없지만) 멍한 느낌이 사라지며 어떤 깨달음이 찾아왔다. 지난 몇 주 동안 이 시골에서 내게 무슨 일이 있었건, 나는 매우 위대한 화가이자 비밀 공유자이기도 한 사람과 반쯤 빛이 드는 아치 위에서 긴 시간 동고동락했다는 깨달음이었다. 그래서 나는 마지막으로 한 번 더 보기 위해 발길을 돌려 사다리를 타고 올라갔다. 거대하게 펼쳐진 색채 앞에 서자 언젠가 낯선 이가 그곳에 서서 이 모든 것을 이해할 시간이 반드시 오리라는 확신과 더불어 피부가 따끔거리는 듯한 흥분이 온몸으로 퍼져나갔다.

그런 경험은 마치 누군가 평범하기 짝이 없는 몰번에 들렀다가 에드워드 엘가가 음악 수업을 하러 갈 때 이 길을 걸었다는 사실을 떠올리며 잠시 발길을 멈추는 것과 비슷할 것이다(영국의 작곡가인 에드워드 엘가는 결혼 후 몰번에 정착한 후 음악가로서 명성을 쌓기 시작했다─옮긴이). 아니면 누군가가 클리 힐즈를 바라보면서 하우스만(알프레드 하우스만은 영국의 시인으로 염세적인 분위기의 서정시로 유명하다─옮긴이)이 그곳에 서서 자신의 '만족을 잃어버린 땅'('the land of lost content'는 알프레드 하우스만의 시에 나오는 구절이다─옮긴이)을 애석해했다는 사실을 떠올리는 것과 비슷할지 모른다. 그리고 이런 순간에 우리 중 몇 명은 언제나 마음이 먹먹해질 것이다. 소중한 순간은 이미 가버렸고 우리는 더는 그 순간에 있지 않다는 사실을 알기에.

우리는 몇 번이고 질문을 던질 수 있지만, 한때는 영원히 우리의 것처럼 느껴졌던 것을 다시 손에 넣을 수는 없다. 우리 눈에 들어왔던 사물과 풍경의 모습이며 들판에 홀로 선 교회, 종탑에 마련한 잠자리, 기억에 남은 목소리, 손길, 사랑스러운 얼굴. 그것들은 모두 가버렸고 고통이 지나가기만 기다릴 수밖에 없다.

이 모두가 오래전에 일어난 일이다. 나는 다시는 옥스갓비를 찾아가지도, 그곳의 누군가에게 편지를 쓰지도, 그곳의 소식을 전해줄지 모르는 사람을 만나지도 않았다. 그렇게 내 기억 속에서 옥스갓비는 그 모습 그대로, 진공 속에서 미동도 없이, 오래전 내려놓은 펜의 말라붙은 잉크처럼 흘러간 과거로 봉인된 방으로 남아 있다.

그러나 그 문을 닫고 들판을 가로지르기 시작할 즈음, 나는 이렇게 되리라는 사실을 조금도 알지 못했다.

프레스타인, 스토큰

1978년, 9월

피넬로피 피츠제럴드
(영국의 작가, 1916~2000)

　　나는 마이클 홀로이드(영국의 유명 전기작가―옮긴이)의 《받아들여지지 않은 의견들Unreceived Opinions》에 실린 글에서 J. L. 카를 처음 알게 되었다. 홀로이드는 케터링에서 집안 대대로 정육점을 하는 조지 엘러벡으로부터 편지를 받았는데, 그 편지에는 홀로이드에게 최고의 스테이크 고기 일 파운드를 살 수 있는 양도 불가 상품권과 카의 소설 《하폴 리포트》를 부상으로 주는 엘러벡 문학상을 수여한다는 내용이었다. 그 편지에는 이렇게 적혀 있었다. "이 상은 부정기적으로 수여

되며 귀하는 세 번째 수상자입니다. 어찌 된 일인가 하면, 글쓰기로 생계를 이어나간 카 씨는 저의 고객 중 한 분이며 고깃값 일부를 '재고'로 알려진 팔리지 않은 소설로 지급하십니다." 그 전으로도 후로도 나는 정육점에 줄 고깃값을 설령 일부라도 재고 도서로 지급하는 사람에 관해 들은 적이 없다. 합리적이고 유익한 발상이지만, 제임스 카가 아니라면 이런 발상을 실행에 옮기지 못했으리라.

　제임스 로이드 카는 요크셔의 감리교 집안에서 1912년 5월에 태어났다. 그의 아버지는 웨슬리교파의 '철제교회(골판지와 아연도금, 철로 만든 조립식 교회 건물로 19세기 중반 영국에서 처음으로 짓기 시작했다―옮긴이)'에서 설교를 하곤 했다. 제임스는 종종 교회를 빼먹었지만, 부흥론자들의 성가인 〈요새를 지켜라〉와 〈누리는 것에 감사하라〉, 〈해안으로 노를 저어라, 선원이여〉, 〈우리는 큰 바다를 항해한다〉 등을 잊지도, 잊을 수도 없었다. 그는 노스라이딩의 칼턴 미니오트에 있는 마을 학교와 캐슬포드 문법학교를 다녔다. 그가 캐슬포드를 다닐 당시 교장 선생님은 열정이 넘치고 진보적인 '토디' 도위스였는데, 광부들의 시위 중에 현지의 취주악단을 이끌고 프랑스로 가서 파리에서 열린 공연에 참가해 우승하기도 했다. "다른 학교의 교장 선생님은 평범했다." 카는 이렇게 회고했다. "그런데 우리 학교의 교장은 토디였다." 훗날 카도 교사가 되었으며 역사적인 지도와《작은 시인들The Little Poets》같은 재미있는 소책자를 발행하는 출판사를 운영했다. 이 책은 시인별로 다양한 크기의 삽화가 실린 작은 소책자 시리즈였다. 서점에서는 마지막 순간에 책을 살 마음을 먹는 고객들을 꾀기 위해 서점의 현찰인출(고객이 상점에서 현금을 인출하는 것. 현금인출카드로 물건을 사면서 현금인출을 요청하면, 고객은 상점에서 바로 현찰을 받고 물건값과 현금인출 금액이 통장에서 빠져나간다―옮긴이) 판매용으로 이 책들을 따로 빼놓았다. 가끔 카는 이 책들을 사탕처럼 주기도 했다. 지금에서야 나는 이 시리즈의 전권을 갖추지 못해 아쉽다.

　1867년에 카는 이런 포켓북과 지도를 제작하고 자신의 글을 쓰기 위해 조기 은퇴를 한다. 그는 고향인 요크셔가 아니라 노샘프턴셔에 정착했다. 그가 교장을 역임한 곳이었다. 카는 그곳을 "양파 들판, 감자와 순무 들판, 울타리도 없이 끝없이 이어지는 평지, 제방과 배수로"라고 묘사했다. 그리고 그곳을 진심으로 사랑했다. 1980년에 그는 자신의 걸작인 《시골에서 보낸 한 달A Month in the Country》을 썼다. 이 작품은 부커상 최종후보에 선정되었으며 가디언 픽션 상을 수상했다. 또한, 영화로도 제작되었다. 제임스가 이렇게 불러 달라고 주장했던 "런던에서 오신 귀한 신사분들"이 케터링에 사는 카를 방문했다. 그들은 소설의 제목이 적당하지 않다며 투르게네프가 동명 소설을 썼다고 지적했다(러시아의 작가 투르게네프가 쓴 동명의 희곡이 있다—옮긴이). "그래요?" 제임스가 되물었다. "그렇다고 내 소설의 제목을 바꿀 생각은 없어요." 그는 바꾸지 않았다.*

《시골에서 보낸 한 달》은 그의 다른 소설과 전혀 닮지 않았다. 이 소설의 배경은 1920년이고, 주인공 톰

---

* 한국어판의 제목은 '요크셔 시골에서 보낸 한 달'로 바꾸었다.

버킨은 의사가 시간이 흐르면 좋아질 것이라고 진단한 안면경련증을 얻은 채 전장에서 귀환했다. 그는 중세 벽화를 복원하는 수련을 받았으며 그의 스승은 몇 안 남은 복원 전문가들 가운데 한 명이었다. 그는 요크셔 어느 마을 교회의 벽에 석회에 뒤덮인 채로 방치된 14세기 벽화를 복원해 달라는 의뢰를 받고 고용되었다.

그는 비가 억수같이 쏟아지는 날에 옥스갓비 역에 도착한다. 날씨가 궂었기에, 역장인 엘러벡 씨(당연하게도 케터링에서 친절을 베풀어준 이의 이름이다. 카는 한 책에 등장한 인물을 다른 책에, 또는 실존 인물을 자신의 작품에 즐겨 등장시켰다)로부터 잠시 안으로 들어와 차를 마시고 가라는 인사를 받는다. 그러나 버킨은 이 호의를 거절한다. 그는 교회에서 목사와 만나기로 약속되어 있었고, 그게 아니어도 그는 북부인들을 꽤 낯설어한다. 자신이 적의 영토에 와 있다고 느끼기까지 한다.

다음 날 비가 멎고 맑게 갠 하늘에 황금빛으로 태양이 빛나는, 그 무엇과도 비견할 수 없는 1920년의 여름날이 펼쳐진다. "신경이 너덜너덜하고, 마누라는 도망갔고, 땡전 한 푼 없는" 톰 버킨에게 이 여름은 그의 의지에 반해 치유의 시간이 될 터였다. 솔제니친의 《마트료나의 집》에서처럼, 그는 익숙한 관계를 단절하고 도시에서 멀리 떨어진 외지고 외진 시골에서 자신을 잊고 싶었다. '오로지 시간이 나를 정화해 줄 것이다.' 그는 이렇게 생각한다. 하지만 그는 그 무엇보다 사물을 만드는 손길을 보며 자기 자신을 되찾는다. 쏟아지는 빗속에서도 그는 교회를 둘러보며 석공들이 "회반죽을 썼으리라 짐작만 할 수 있을 뿐 아름다울 정도로 아귀를 딱 맞춰 깎아 놓았"음을 알아차린다. 다음으로는 물건이 작동하는 방식이 그를 치유한다. 교회에는 유명한 주물 스토브인 뱅크댐-크라우더 스토브가 있었다. "그 스토브에는 용도를 알 수 없는 나브와 토글이 여러 개 달려 있었다. 분명히 나는 이 빌어먹게 거대한 괴물의 기벽을 익히느라 유쾌한 수업 시간을 보낼 것이다." 다음으로는 장소였다. 그가 종루에서 맞이한 첫 번째 아침, 드넓고 찬란한 풍경이 눈앞에 펼쳐져 있다.

"매일 동이 터오면 들판에서 안개가 피어올랐다. 울타리와 헛간, 숲이 서서히 형태를 갖춰가고 마침내 구릉의 구불거리는 기다란 등이 평원으로부터 또렷해졌다. 매일 그렇게 하루가 시작되었다. 나는 매일 아침 교회의 문에 몸을 기댄 채 첫 담배를 피우며 이 근사한 배경막(이렇게 즐겨 생각했다)에 경탄을 했다. 아니 그랬을 리가 없다. 나는 경탄하는 종류의 사람이 아니기 때문이다. 혹시 그때는 그런 인간이었나?"

다음으로 오래전에 죽은 미지의 벽화 화가, "암흑의 시대로부터 내 앞에 나타나 자신이 무엇을 할 수 있는지 내게 보여주고 한 마디 한 마디 또렷하게 '시간의 부패로부터 내 일부가 살아남는다면, 이 벽화가 되리라. 이 벽화는 나 자신과 다름없기 때문이다'라고 말하는 이름 모를 화가"가 있다. 이 책의 끄트머리에 가서 버킨은 이 화가를 "비밀 공유자"라고 칭하는데, 카가 캐슬포드 문법학교에서 그가 '처음으로 읽은 어려운 콘래드'(조셉 콘래드의 작품 가운데 동명의 소설이 있다—옮긴이)를 연상시키는 대목이다. 마지막으로 그도 모르게 그의 상처를 치유해 준 요소 가운데에는 옥스갓비의 주민들이 있다. 그들은 누구보다 따뜻하게 버킨을 환대한다. 카는 항상 말의 표현 방식뿐 아니라 영국의 한 지역을 다른 지역과 구별 짓는 행동의 세부사항도 애정을 갖고 심사숙고했다. 이를테면 그는 요크셔에서 열린 순회 전시에서 사회자가 관객에게 "앞으로 나와" 달라고 요청했던 일을 설명하곤 했다. "그런데 말이죠. 노스 라이딩에서는 사람들이 '앞으로 나가지' 않아요." 그는 이렇게 말했다. 물론 옥스갓비의 주민들은 그럴 필요가 없다. 그곳에서는 모두가 제자리에서 자유롭게 말하기 때문이다. 캐시 엘러벡은 사다리 위에 올라가 있는 버킨에게 일요일 점심을 먹으러 오라는 엄마의 초대를 큰소리로 전한다. 이런 모습이야말로 요크셔에서 학교를 마친 사람들에 대한 카의 진심 어린 헌사다.

이 책의 첫머리에 실린 제사題詞는 카에게 중요했다. 《시골에서 보낸 한 달》에는 세 개의 제사가 실려 있다. 첫 번째는 존슨(새무얼 존슨으로 영어 사전을 편찬했다—옮긴이)의 《사전》에서 발췌한 것으로 카답기도 하고 존슨답기도 한 짧은 글귀이다. 세 번째는 카의 아내인 샐리가 사망한 후에 발행된 판에 추가되었다. 두 번째는 그가 가장 좋아한 알프레드 하우스만의 〈슈롭셔 청년〉(No. 17)에서 발췌했다. 나는 이 땅에 오직 짧은 시간 동안 머문다, 하우스만이 말했다. 나를 믿으라.

　　"어서 내 손을 잡고 말해주오,
　　그대 마음에 품어둔 말을."

　아무리 하우스만이라도 대답을 기대하고 한 말은 아닐 것 같다. 그리고 버킨도 그 대답을 받지 못했으리라.

　옥스갓비에는 버킨 외에도 이방인이 세 명 더 있었다. 그들 중 한 사람이 문으로, 버킨이 종루에서 맞은 첫 번째 날 문이 찾아온다. 우리는 문이 무슨 일을 하는지 정확히 알지 못한다. 물론 그는 전문적인 고고학자로 보이며 의뢰받은 작업을 시작하기 전에 이곳까지 비행기로 태워다준 '공군 비행사 친구'가 있다는 사실은 알지만 말이다. 비행기로 둘러보는 일은 의뢰받은 기간 안에 어디 있는지도 모르는 14세기 무덤을 찾아내기 위해 당연히 해 볼 만한 노력으로 보인다. 그런데 우리는 리폰의 찻집에서 우연히도 비밀이었던 문의 전쟁 중 행적과 그로 인해 그가 당한 일을 알게 된다.

버킨은 사다리를 타고 올라간 곳에서 작업하고, 문은 직접 판 구덩이에 세운 텐트에서 지낸다. 버킨은 옥스갓비의 주민들에게 처음부터 받아들여졌으며, 웨슬리교파 주일학교의 "머리가 모자라는 아이들"을 돕고, 주일학교의 즐거운 소풍에도 초대받아 간다. 문은 상류층처럼 말한다. 버킨은 그렇지 않다. 하지만 그와 문은 서로가 마음에 든다. 두 사람이 서로 적수나 상흔을 지닌 두 남자, 즉 전쟁과 각자의 쓸쓸한 성적 경험으로 인한 상흔을 지닌 사람들로 여겨져야 할까? 교회 관리인인 늙은 모습에 의해 (다른 남부인들처럼) 요주의인물로 간주되어야 할까?

나머지 두 이방인(이라고 해야 할지, 적어도 그들은 자신이 옥스갓비에 받아들여졌다는 느낌을 못 받았다)은 목사 부부인 아서와 앨리스 키치 부부이다. (소설에서 아서를 J. G. 키치 목사라고 하는데, 사실 카는 덜렁거리는 교열자였다. 그는 "그 작품을 출간한 후에도 교정지를 읽지 않는 지독하고 변명의 여지가 없는 실수를 저질렀다"고 했다.) 목사는 사무적이고―알고 보니 이것이 그의 유일한 장점이었다―버킨의 작업을 못마땅히 여기고, 고집스럽고, 차가운 사람이다. 그는 "냉담하고 내성적인 성격일 것 같았다." 그는 버킨의 안면경련에 익숙해졌을 즈음에도 여전히 버킨의 왼쪽 어깨 뒤에 서 있는 사람과 이야기하듯 말한다. 차가운 교회, 따뜻한 예배당. 버킨은 종루의 바닥을 뚫고 올라오는 "신도들이 아래에서 두런두런 이야기를 나누는 소리"를 듣는다. 이는 엘러벡 씨 집에서 대접받은 두툼한 요크셔 푸딩과 대장장이의 환상적인 저음과 대조를 이룬다. 한편 목사의 아내 앨리스는 보티첼리의 그림 속에 등장할 것 같다. 그것도 〈비너스〉가 아니라 〈봄〉이다. 이 〈봄〉(프리마베라)은 목사관의 정원에서 꺾은 한 떨기 장미를 모자의 띠에 꽂은 밀짚모자에 있었다. 앨리스를 향한 버킨의 감정은 누구나 예상한 대로이다. 그가 앨리스에게 하우스만의 질문인 '그대 마음에 품어둔 말'을 물어보기 바로 직전까지 간 순간도 있다. 목사에 대한 그의 태도도 예상한 대로다. 버킨과 문은 목사 부부의 결혼이 잔학무도한 행위였다고 한마음으로 말했다. "키치가 보이는 것만큼 형편없는 인간이라면 그와 함께 사는 게 어떨지 생각하기도 싫었다."

그러나 버킨은 가진 돈이 바닥나자 어쩔 수 없이 첫 번째 작업비를 달라는 말을 하려고 목사관을 찾아가게 된다. 이 부분은 제임스 카의 특유의 글쓰기를 보여주는 대목으로 이어지는데, 카는 자신의 경험이나 그와 흡사한 체험에 기반한 이야기로 우리를 유혹한 후, 잠시지만 그 이야기가 아찔하고 현실성이 느껴지지 않는 풍경 속으로 훌쩍 날아오르게 하기를 즐긴다. "목사관은 숲속의 공터에 서 있었는데, 과거에 집 둘레에 만들어 둔 마차용 진입로는 오랜 세월 버텨온 거대한 삼나무에 가로막혀 있었다. 여러 갈래로 찢긴 그 나무의 뿌리들은 절벽에서 볼 수 있는 것처럼 지면에서 들어 올려져 있고 마을만 한 정원을 지탱했으며, 틈새마다 이미 야생식물에 점령되어 있었다." 문가에 달린 종을 잡아당기는 영웅적인 투쟁 끝에 문이 열리고 앨리스 키치가 직접 나와 버킨을 맞이한다. 그녀는 그녀 꿈에 집 주위의 나무들이 마지막 순간에 벽에 가로막힐 때까지 계속 다가오는, 목사관에서의 생활에 대한 미쳐버릴 듯한 이야기를 시작한다. 집 밖에서 자제력이 강한 사람처럼 보였던 그녀는 집에서는 완전히 다른 모습이다. 목사도 마찬가지이다. 그는 분명히 바이올린을 연주하고 있었다. 그 바이올린은 휑하니 넓기만 하고 싸늘한 방의 작은 탁자 위에 놓여 있다. 거인의 손처럼 생긴 무화과나무의 이파리들이 창문에 붙어 있다. 부부는 서로의 체온에서 위안을 얻으려는 듯 꼭 붙어 있는 것만 같다. 그리고 버킨은 자신도 모르게 아서 키치 목사를 동정하게 된다.

이 책에서 우리가 확실하게 못마땅히 여겨도 되고 심지어 증오해도 되는 사람들은 문을 영창으로 보낸

군 당국과 옥스갓비의 대표단(엘러벡 씨와 그의 딸 캐시, 대장장이인 다우스웨이트 씨, 버킨)을 무시하는 리폰의 '베인스 피아노 앤 오르간 웨어하우스'의 잘난 새 사장뿐인 듯하다. 그들은 웨슬리교파 예배당의 하모늄을 오르간으로 바꾸려고 온 참이었다. 악기 가게의 주인은 옥스갓비의 대표단이 중고 오르간을 사기 위해 한 푼두 푼 모은 돈을 봉투에 넣어 왔다는 이유로 그들을 경멸할 자격이 있다고 생각한다. 그렇지만 그건 그의 지독한 착각일 뿐이다.

"그것은 우리가 두려야 해야만 하는 정신의 죽음이다"는 카의 책에 나오는 제사로, 〈하폴 리포트〉에 실렸다. 정신의 죽음은 자신의 독립성에 대한 자신을 잃는 것이자 남들이 우리에게 기대한 대로만 행동하는 것이기도 하다. 동시에 삶에서 구체적인 것을 기대하는 실수이기도 하다. 삶은 예상대로 딱 떨어지지 않는다.

"모두 사라졌다. 이제 아무도 아무것도 없다. 처음으로 단독으로 일을 따냈다는 흥분과 자부심이며 옥스갓비, 캐시 엘러벡, 앨리스 키치, 문, 그 온화한 날씨의 계절까지 애초에 존재한 적도 없었던 것처럼 자취도 없이 사라졌다." 이 책은 초반에 시점이 밝혀져 있다. 버킨은 경외감을 품은 채, 등불을 피우고 말을 타고 다니던 시대의 가장 끄트머리를 회고하고 있다. 물론 그와 문은 그들을 맴도는 또 다른 기억을 지니고 있다. 바로 파스샹달 전투의 기억이다. 그렇지만 버킨은 미래가 열리고 있다고 믿는다. "음, 그때 나는 젊었다."

카는 결코 다작 작가는 아니지만 상상의 과거로 다시 들어가는 마법 같은 솜씨를 지니고 있다. 버킨은 길을 따라 걷다가 처음에는 냄새로, 다음으로는 직접 눈으로 봄으로써 어스름에 누워 있는 건초단을 알아차린다. 주일학교 소풍에서는 "얼마 후 남자들은 멜빵이며 기다란 모직 속옷의 끈이 보이거나 말거나 대부분 상의를 벗었다. 그리고 덩치 큰 아이들처럼 주위를 뛰어다니며 아이들을 놀라게 했다." 세상에 속옷의 끈이라니! 제임스 카가 아니라면 누가 그런 것을 기억할 수 있으랴!

버킨은 처음부터 석회에 가려진 벽화가 〈최후의 심

판)이라는 사실을 알았다. 붉은색과 푸른색의 거대한 흐름 속에서 구원을 받은 자들과 죄지은 자들을 거느린 채 옥좌에 앉아 있는 그리스도. 그는 계약대로, 옥스갓비에 가을의 첫 숨결이 도착할 즈음 벽화의 복원을 끝낸다. 한 계절이 다음 계절로 넘어가는 순간은 그의 열정과는 구별이 안 되지만, 오히려 앨리스 키치에게는 더욱 뚜렷해진다.

"이 모두가 오래전에 일어난 일이다." 그러나 《시골에서 보낸 한 달》는 솔직한 회상이나 (이런 것이 있을 수 있다면) 솔직한 노스탤지어나 심지어 지나간 젊음에 대한 예리한 감각을 들려주는 어조가 아니다. 들판에 서 있는 옥스갓비의 교회를 찾아왔다가 거장인 화가를 만나지 못했다고 애석해 할(마치 누군가 평범하기 짝이 없는 몰번에 들렀다가 에드워드 엘가가 음악 수업을 하러 갈 때 이 길을 걸었다는 사실을 떠올리는) 사람들(아마 소수에 불과할)에 대해 생각할 때면 그의 마음 상태는 더 복잡하다. 이것은 우리가 결코 가지지 못한 것, "소중한 순간은 이미 가버렸고 우리는 더는 그 순간에 있지 않다는 사실을 아는 먹먹한 마음"을 향한 노스탤지어다. 하지만 이것조차 순전한 고통과는 구별되어야 한다. "우리는 몇 번이고 질문을 던질 수 있지만, 한때는 영원히 우리의 것처럼 느껴졌던 것을 다시 손에 넣을 수 없다." 카는 이렇게 말한다. 우리는 고통이 지나가기를 기다릴 수밖에 없다고. 그렇다면 한때 영원히 우리의 것처럼 여겨졌던 것은 무엇인가? 어쩌면 이것은 답이 없는 질문이지 않을까?

요크셔 시골에서 보낸 한 달

첫판 1쇄 펴낸날 2022년 11월 7일

지은이 | J. L. 카
옮긴이 | 이경아
펴낸이 | 박남주

종이 | 화인페이퍼
인쇄·제본 | 한영문화사

펴낸곳 | (주)뮤진트리
출판등록 | 2007년 11월 28일 제2015-000059호
주소 | 서울시 마포구 토정로 135 (상수동) M빌딩
전화 | (02)2676-7117 팩스 | (02)2676-5261
전자우편 | geist6@hanmail.net
홈페이지 | www.mujintree.com

ISBN 979-11-611-109-4 03840

* 책값은 뒤표지에 있습니다.